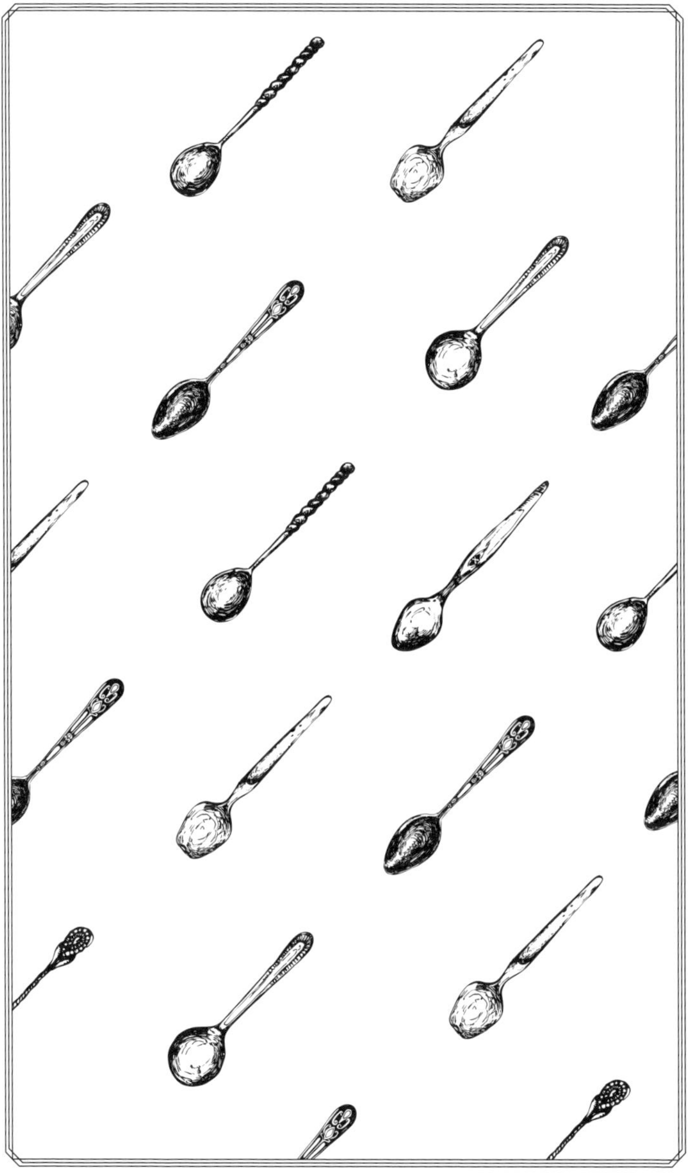

아침달 시집

우유는 슬픔
기쁨은 조각보

유형진

시인의 말

"이 시집은 지금 열세 살인 소년이
스무 살이 되는 사월에 읽었으면 좋겠습니다.
2015년 여름에, 雲井에서"

처음 썼던 '시인의 말'을
다시 씁니다.

웃음과 울음을 알맞게 배치한
퀼트 담요 같은 시간 속에서
'스무 살 사월'은
영원히 반복되겠구나 라는 생각이 듭니다.

나에게는 영영 멀고,
또 지나치게 가깝게 느껴지는
'스무 살 사월'을
이 시집을 읽을 모두에게 드리고 싶습니다.

2018년 여름에
다시, 雲井에서
유형진

차례

1부
<허니밀크랜드>에서

2부
새 이름을 부릅시다

3부
피터 판과 친구들

부록

1부
<허니밀크랜드>에서

봄 씨氏와 나무와 누구누구 씨

봄, 은, 짧, 고,
하, 루, 는, 길, 다
보, 라, 색,
바, 이, 올, 렛
제, 비, 꽃,
흰, 상, 여,
비, 하, 얀,
벚, 꽃, 비,
박, 하, 향
비, 읍, 취, 향

봄 씨는 'ㅂ' 취향이구나
나무는 나무, 봄은 비읍
물어보지 않아도
히읗은 벚꽃의 취향
봄 씨는 비읍을 좋아한다 무척
예를 들면
바이올렛
비
벚꽃
박하 향

누구누구 씨는
가슴이 뭉개진 두부처럼
막 떨어진 목련 꽃잎처럼
몽글몽글해진다
이럴 때 누구누구 씨에게 아무라도
잠깐 눈을 맞추거나 손을 잡아주면
그는 막 울어버릴 태세
그대로 모든 물 쏟아내고
허물어질 태세

그러니까 누구누구 씨는
봄 씨와 아무 상관없고

'ㅎ' 모양으로 떨어져
ㅎㅎㅎㅎㅎㅎㅎㅎㅎㅎㅎㅎ
하염없이 어디론가 날아가는
저 꽃잎들과 조금 관계있는 정도
벚꽃 잎과 봄 씨와의 관계를 묻자면
나무를 서로 알고 있는 사이

나무는 오랜 세월
봄 씨와 누구누구 씨 때문에

늙지도 못하고 자란다
봄마다 검은 나이테를 만들며
비읍 취향도 아닌데
비읍을 그리며
봄을,

결손

새를 잃어버렸어,
아이가 말했습니다.
<홀리>라는 이름의 흰 고양이가 졸고 있는
오전 열한 시 부근.

로즈메리 잎들은 시들어서 시침 핀처럼 말라 떨어져 있고
문이 없는 방에서
새를 잃어버린 아이가 피아노 연습을 합니다.
악보에 적힌 악상은
씨앗, 연두색 손톱만 한 은행잎, 시든 벚꽃 잎,
자전거 바퀴, 노란 스쿨버스, 전차가 다니는 어떤 시골길
쓴 맥주와 검정색 유리.
음표가 날아가는 방향은
어떤 오월의 저녁에서 시작해서
다른 십일월의 새벽 쪽입니다.

새들은 하늘에 소용돌이를 그리며 비상하고
우리는 결코 자신이 될 수 없는,
자정에 정오를 비추는 거울을 통해서만
꿈을 꾸는 사람들.

오늘 새를 잃어버렸어,

아이가 말했습니다.

새는 영영 돌아오지 않았지만

지금 아이의 침대에 함께 잠들어 있습니다.

사소한 이야기 하나
—斷頭臺

흑암 속의 빛줄기처럼,
우리는 한순간 무의식의 칠흑 같은 무無로부터 나타났다
-안드레이 사하로프

단두대가 있습니다
당신과 내가 있습니다
당신은 위에 나는 아래에 있습니다

칼은 떨어지고
우리의 목은 떨어지지 않습니다

우리라고 부르는 우리는
있지도 않은 우리는
없지도 않습니다

칼은 떨어지지 않고
우리의 목은 떨어집니다

우리의 죄명은 십 년 전의 미래를 회상하는 일
십 년 전은 십 년 전에도 십 년 전이었고
지금도 십 년 전입니다

갈릴레이의 미래와
뉴턴의 미래와
아인슈타인의 미래도 다르지 않았지만
우리의 목은 떨어지지 않습니다

단두대 아래
당신과 내가 있는 한

사소한 이야기 둘

—불면증에 걸린 블랙체리 씨

다중 우주라고 불리는 시공간 속에서
빅뱅은 항상 일어나는
작고 무의미한 사건에 불과할지도 모른다
-내셔널지오그래픽 <평행 우주 이론>에서

까맣고 새콤하고 스윗 스윗
모든 것을 집어삼키는 검은 점 속에 또 검은 점, 검은 점……
점은 점점 많아지면서 점은 점이 아니게 된다

꿈도 없이 지새우는 새벽처럼
사막에서 양을 그려달라는 소년처럼
먼 길을 달려온 흰 말의 눈동자처럼
까맣고 새콤하고 스윗 스윗

지금 이 순간, 이라고 말하는 이 순간
불면증에 걸린 블랙체리 씨가 말한다
나는 지금 여기에 없었다

어딘가에 블랙체리 씨가 아닌 블랙체리 씨가
또 어딘가엔 블랙체리 씨인 블랙체리 씨가
결혼을 하는 동시에 이혼한다
작고 무의미한 사건,

어디에서나 동시에 일어나곤 하는 사건

사다리를 거꾸로 오르는 하객들
<흑암 속의 빛줄기처럼>
까맣고 새콤하고 스윗 스윗

목요일 꿈에

어떤 나무가 나오고
나무엔 꽃하고 잎 대신
구슬이 달려 있었어
연말에 거리를 밝히는 전구같이
조그만 구슬들이

무슨 말을 하더라
구슬 한 개에 글자 하나
한 개씩 한 개씩
떨어지며 소리를 내더라
그것을 음악이라고 할까
시라고 할까
하나하나 떨어지며 내는 글자들의 소리를
나는 받아 적었던 거야

그러니까 이 일은
목요일 꿈에 있었던 일

나는 아무것도 못 하고
누구도 만날 수 없고
밥도 먹지 못하고
잠도 잘 수 없었어

목요일 꿈에
나에게 찾아왔던
구슬이 떨어지며 들려주던
그 전언傳言을
잃어버릴까 봐
잊어버릴까 봐

그런데 지금 나는
일요일 저녁

목요일 꿈 이후
없어진 날들은
다 어디로 갔을까?

내가 미처 적어놓지 못했던
그 음악과 시와
목요일 꿈과 함께

<허니밀크랜드>의 체크무늬 코끼리

그녀는 사랑이 깨지는 순간을 본다
아무도 주목하지 않는 순간을
그녀는 자주 목도目睹한다

사랑이 어떻게 깨지는지
깨진 사랑이 어떻게 가루가 되는지
가루가 된 사랑이 어떻게 녹는지
녹은 사랑이 어떻게 질척해지는지
그 질척한 사랑이 그리는 마블링을
목도한다

녹아도 녹지 않고
깨져도 깨지지 않는
어떤 알갱이들이 만들어주는
그 오묘한 무늬를
체크무늬 코끼리
그녀는 본다

사랑의 마블링을 볼 줄 아는 그녀는
그래서 슬프고 아름다운데
정작 그녀를 아무도 볼 수 없다는 것이
이 세계의 비극

하지만 이 세계의 비극은 이것 말고도
몇 개는 더 있는데
더 큰 비극은 그 비극을 이야기하기에 시간은
산장에 사는 검은 고양이의 털만큼
셀 수 없다는 것이다

<허니밀크랜드>의 털실로 짠 호수

—산정 캠프의 검은 고양이 띰띰이에게

너에게 그것은
냉동실의 멸치만큼 감칠맛은 아니겠지만
네가 자주, 고요히 바라보는
창가의 풍경과 같은 것이다

자기가 가지고 싶은 것만을
선물하는 사람들이 있다
그런 사람은 대부분 외로움쟁이들
사랑은 많은데 어떻게 쓰는지 모르는
졸부의 심정인 사람과 같다
제대로 된 사랑을 준 적도 받아본 적도 없는
가난한 마음의 사람들

선물이란 원하든 원하지 않든
뜻밖의 것이 더 좋은 법

넌 가끔 외로운 졸부나 가난뱅이들에게
선물을 받는다
하지만 그 선물은 대부분
너의 마음에 들지 않는다

너는 거절의 표현도

우아하게 갸르릉~
그러곤 늘 앉아 있는 회전의자 위에서 폴짝 뛰어 내려와
등을 보이며 창가에 앉아버리면 그만이다

<허니밀크랜드>의 털실로 짠 호수를
너에게 내밀었을 때
가늘게 좁혀지는 너의 동공,
네가 지을 수 있는 가장 멋진 눈동자로
만족의 화답을 해주었을 때
나는 알았다

아— 평화란, 이런 것이다

<허니밀크랜드>의 털실로 짠 호수에서의 플라잉 낚시
—우산 꼭지 같은 버섯 기둥이 낚아 올린 것들

누구의 것인지 알 수 없는 머리카락, 형광 연두색 금붕어, 리시안셔스, 라넌큘러스, 프리지어, 검은 안경, 돼지 모자, 갸우뚱거리는 고개, 얌체, 숟가락 받침, 스머프 마을, 로렐라이, 아르페지오, 접시 닦이, 구두코, 빈 라덴, 조각보, 두근거리는 심장, 반쯤 마시다 만 얼 그레이 홍차 잔, 너는 왜, 수수깡, 시름시름 앓는 병아리, 뉴햄프셔, 아그리콜라, 미친 흰수염고래, 오로라, 스웨덴, 별 모양 설탕 과자, 지리멸렬, 한 번도 말해본 적 없는, 바람 빠진 고무풍선, 유리구슬 세 개, 바둑알, 나르시시즘, 급진주의자, 대륙횡단 열차, 작설차, 우롱차, 현미, 오누이, 배꼽 피어싱, 피겨 스케이팅, 나이팅게일, 오리무중, 플라이 투 더 문, 간이역, 그게 전부가 아닌데 전부라고 믿는 병신 쪼다들, 가시 박힌 이마, 소경, 트래펄가 광장, 이태리 폰타나, 코인로커 베이비, 툰드라, 참나무숲, 난쟁이, 야구공, 너의 예상을 빗나가게 해주지, 중학교 국어선생, 삐뚤어진 입, 오르골 소리, 깜박깜박 조는, 유월의 심학산, 장마, 깨진 저그, 폭설, 이랑, 장미, 적란운, 하얀 목련이 필 때, 아로마 캔들, 베르가모트, 비옷, 개미가 줄줄이 따라오는, 골목길, 나쁜 여자, 카르마, 라흐마니노프, 트럼프, 집시 바이올린, 물이 마른 계곡에 처음 보는 돌멩이, 반려자, 지하보도, 개구리 뒷다리, 피구, 벼룩의 춤, 나는 오늘, 로 시작하는 그림 일기장, 평화를 위해서라며 불평등 조약서에 낙관을 하고 악수를 청하는 손, 흰 손, 사라반드, 차가운 발, 함흥, 돗자리, 모닥불, 소라게, 하늘, 꽃, 눈, 비, 그리고.

<허니밀크랜드>의 녹슨 이마와 축축한 손

어딘가를 가려는데
혼자 가기 무서워서 심심해서
누군가와 같이 간다면 그 누군가는
아무라도 좋은가, 생각하다
이왕이면 하필이면
너였으면 좋겠다고 생각했다

하필이면, 그랬다

너는 녹슨 이마를 가졌고
나는 축축한 손을 가졌다

나는 축축한 손으로 네 이마를 만졌고
내가 만질 때마다 너는 아팠다
네가 아픈 건 내 죄가 아닌데
나는 죄책감에 시달려
너보다 조금 천천히 걸었다

너는 아픈 이유가 나 때문이 아니니까
제발 그만 좀 하라며 화를 내었지만
내 걸음에 네 걸음을 맞추지 않았다

너는 점점 걸음이 빨라지고
네 걸음이 빨라질 때마다
너의 이마는 점점 더 녹슬었다

너는 녹슨 이마로
바람을 맞고 비를 맞고 눈을 맞고
햇살을 받고 이슬을 맞고 서리를 맞고
달빛을 받고, 빛났다

나의 축축한 손은
여전히 차갑게 네 뒤에서
왠지 너를 따라가는 그림자가 되어 있었다
나는 누군가와 어딘가를 가려던 것뿐이고
하필이면 그 누군가가 너였을 뿐이고
너는 나보다 조금 빠른 걸음이었을 뿐이다

나는 천천히 축축한 손을 내밀어
너의 녹슨 이마를 스친
바람을 만졌고 비를 만졌고 눈을 만졌고
햇살을 만졌고 이슬을 만졌고
결국 내 손은 서리에 어려 달빛에 빛났다

내가 만진 건 너였고
너는 여전히 아름답게
서리가 어린
빛나는 녹슨 이마를 가졌지만,

너의 뒤를 걷고 있는 나의 손은
더 이상 축축하지 않다

<허니밀크랜드>의 안개 아침

충치 맛 비가 내리던 저녁
사람들은 서둘러 사랑하는 사람의 집으로 돌아간다
돌아가지 못한 사람들은 국숫집에서 소주를 마시고
잡히지 않는 버그에 대해서 생각한다

돌아갈 시간을 잃어버린 사람들
시간의 구멍을 잊어버린 사람들
영원히 빗속을 헤매는 벌을 받은 사람들

우리는 버그를 얼마나 싫어하나
화단에는 이제 벌과 나비 대신
작은 날벌레들이 꽃들의 수분을 돕고
비가 오는 날엔 날벌레들은
비를 맞으며 잠을 잔다

사랑하는 사람이 돌아오지 못한 집에서
기다리는 사람은 미싱을 돌리고
윗실과 밑실의 장력을 맞추지 못해
바늘땀은 자꾸만 뜨고
끝내 바늘은 부러진다

새벽엔 소리 없이 철쭉이 떨어지고

떨어진 철쭉은 분홍 설탕처럼 녹아
비와 함께 검은 흙 속으로 스민다

빗소리에 초침도 조용히 리듬을 맞추는
충치 맛 비가 내리는 안개 아침
현관문을 열어보면
<허니밀크랜드>의 우유 배달부가
우유 대신 시를 한 편씩 놓고 갔다

<허니밀크랜드>의 영원의 스무고개

—나는 무엇일까요?

첫 번째 고개

당신은 기체입니까, 액체입니까, 고체입니까?

—나는 기체였다가 액체였다가 고체였다가 다시 액체였다가 기체가 됩니다.

두 번째 고개

생물입니까, 무생물입니까?

—무생물이었다가 생물이었다가 다시 무생물이 됩니다.

세 번째 고개

식물입니까, 동물입니까?

—일부는 식물인데 일부는 동물입니다. 그러나 결국은 아무것도 아닙니다.

네 번째 고개

어디에 삽니까?

—아인슈타인이 살아 있다면 나의 존재 위치를 계산해달라고 하고 싶습니다.

다섯 번째 고개

깨어 있습니까? 잠들어 있습니까?

—지금은 깨어 있습니다.

여섯 번째 고개

그러면 언제 잠이 듭니까?

—모두가 깨어 있을 때 잠이 듭니다.

일곱 번째 고개

모두는 누구를 말합니까?

—존재하는 모두를 말합니다.

여덟 번째 고개

마지막으로 잠든 때가 언제입니까?

—기억할 수 없습니다.

아홉 번째 고개

당신에게 잠이란 무엇입니까?

—자작나무 숲의 울창한 가지 사이로 내리는 햇살, 벌레를 물고 온 어미 새가 보소소한 아기 울새들에게 날아왔을 때 아기 울새들이 부리를 더 크게 벌리려고 우는 지저귐, 거칠었던 바위 조각이 둥글게 닳아빠지는 냇물 속 조약돌의 돌돌거리는 움직임, 그리고 참나무에 도토리가 영글어 카펫 같은 이끼 위로 툭, 떨어지는 소리, 작은 발자국의 다람쥐가 다가와서 그것을 주워 삼켜 양 볼이 볼록해지는 것. 어느 가지에서 수리부엉이가 후드득 날

아가는 소리입니다.

열 번째 고개

그것은 낮의 숲속 풍경, 자연 다큐멘터리의 장면 같습니다. 왜 그것을 잠이라고 하십니까?

—나에게 단어는 사전적 정의가 아닌 체험입니다.

열한 번째 고개

당신은 자연의 일부분입니까?

—그럴 수도 있지만 아닙니다. 나에게 자연은 잠처럼 이물적인 존재입니다. 이제 받을 수 있는 질문이 아홉 개밖에 안 남았습니다.

열두 번째 고개

알겠습니다. 아무리 해도 스무 개의 질문만으로 당신을 맞힐 수 없을 것 같습니다. 하지만 계속 질문하겠습니다. 당신이 기체였던 때를 알고 싶습니다. 그때 가장 인상 깊었던 기억을 이야기해줄 수 있습니까?

—모든 움직임이 나를 통과했고, 모든 소리가 나를 울렸습니다. 뜨겁게 달구어진 바다 위에서 나는 높이 날아올랐습니다. 적당히 당겨진 바이올린의 현 위에서 나는 떨렸습니다. 빗방울이 떨어지는 보도블록 위에서는 여기저기 뒹굴었습니다. 그리고

어느 집 처마 밑에 웅크리고 있던 <미드나잇>이라는 검은 고양이의 보드라운 등을 쓰다듬으며 하늘 높이 날아올랐습니다. 미드나잇은 켄터키주 월모어에 현재 살고 있는 고양이입니다.

열세 번째 고개

당신은 바람입니까?

—아닙니다.

열네 번째 고개

구름 위 달빛입니까?

—아닙니다.

열다섯 번째 고개

아이의 꿈에 나오는 빛나는 작은 별입니까?

—아닙니다.

열여섯 번째 고개

당신이 액체였던 때를 알고 싶습니다. 그때 가장 인상 깊었던 기억을 이야기해줄 수 있습니까?

—검은 바닥을 흐르고 있었습니다. 앞도 보이지 않고 밑도 끝도 없는 암흑이었습니다. 흐르고 흐르다 무엇인가 딱딱한 것에 막혀 멈추었습니다. 그 멈춤이 얼마나 오랫동안이었는지 알 수

없었습니다. 어느 날 깜깜하고 딱딱한 것이 깨지고 다시 흘렀습니다. 흐르고 흐르다가 조금씩 흐릿하게 밝아졌습니다. 그러다 점점 하얗게 되고, 투명해지다 보이지 않게 되었습니다.

열일곱 번째 고개

보이지 않게 되었는데 어떻게 존재합니까?

—보이지 않는다고 사라진 것은 아닙니다.

열여덟 번째 고개

당신이 고체였던 때를 알고 싶습니다. 그때 가장 인상 깊었던 기억을 이야기해줄 수 있습니까?

—고체 상태로 있었던 때는 말하고 싶지 않습니다.

열아홉 번째 고개

당신은 기체와 액체, 고체 상태를 다 겪었다고 말하였습니다. 그중 가장 좋았던 상태는 언제였습니까?

—고체였을 때입니다.

스무 번째 고개

결국 마지막 질문입니다. 당신은 무엇입니까?

—이제 모든 물음을 소진한 채, 내가 무엇인지, 누구인지 알 수 없게 되고 영원의 스무고개는 끝났습니다.

늦은 밤

누군가 죽었다
나는 문상을 갔다
검은 옷을 입고
망자에 대한
최대한의 예의를 갖추고서

상주에게 인사를 하고
생전에 한 번도 본 적 없는 망자에게
분향을 하고 절을 한다
두 번,
그리고 반절

고사리가 들어간 육개장에
공깃밥을 말아 훌훌 떠먹고
소주를 두 잔,
그리고 반 잔

흐트러져 있던 신발들이
가지런히 출구를 향해 나 있다
신발장에 걸린 구둣주걱은 쓰지 않고
천천히 구두를 신는다

늦은 밤
집에 도착하기도 전에
허기가 진다
알타리만 꺼내어
다시 밥을 먹는다
오드득, 하고 씹히는 삶.

어둠과 빛의 춤

—왈츠와 마주르카

일 년 중 이틀, 춘분과 추분에만
눈물을 흘리는
샤콘느라는 이름의 노인이 있다
노인에겐 왈츠와 마주르카라는 이름의
이란성 쌍둥이 남매가 있다

왈츠는 달개비 꽃을 좋아했고
마주르카는 양귀비를 좋아했다
왈츠는 저녁노을을 좋아했고
마주르카는 무지개를 좋아했다
왈츠는 계란의 흰자를 좋아했고
마주르카는 계란의 노른자를 좋아했다
왈츠는 시를 좋아했고
마주르카는 소설을 좋아했다
왈츠는 진한 커피를 좋아했고
마주르카는 맑은 홍차를 좋아했다
왈츠는 계곡을 좋아했고
마주르카는 바다를 좋아했다
왈츠는 고양이를 좋아했고
마주르카는 개를 좋아했다
왈츠는 삶은 시금치무침을 좋아했고
마주르카는 당근볶음을 좋아했다

그러나 왈츠는 마주르카가 좋아하는 것을 싫어하지 않았다
그리고 마주르카도 왈츠가 좋아하는 것을 싫어하지 않았다

남매는 장성하여 열일곱 살이 되었는데
둘은 동시에 사랑에 빠졌다.
왈츠가 사랑한 이의 이름은 자청紫靑
마주르카가 사랑한 이의 이름은 난하蘭河였다

자청紫靑은 어둠의 딸,
난하蘭河는 빛의 아들이었다

샤콘느는 슬픔에 빠졌다
사랑하는 쌍둥이들이
서로 너무 먼 곳으로 떨어지지 않길 바랐는데
그러나 왈츠와 마주르카는 자신의 길을 갔다

달개비 꽃을 좋아하며 양귀비를 생각하는
무지개를 좋아하며 저녁노을을 쳐다보는
계란프라이를 하면 흰자와 노른자를 사이좋게 먹는
시를 쓰면서 소설을 읽는
아침엔 진한 커피를 마시고 오후엔 맑은 홍차를 마시는
계곡이 있는 산에 올라가 바다를 바라보는

개를 키우며 길 고양이 밥을 골목에 갖다두는
당근을 볶아서 삶은 시금치와 함께 무쳐 먹는
그런 사람이 되어

동지의 깊은 밤, 어둠이 짙어질수록 왈츠 춤을
하지의 뜨거운 한낮, 그늘이 익어갈수록 마주르카 춤을
추게 된 것이다

인공 낙원

아이스티 병엔 털실이
오일 병엔 공기
잼 병엔 말라 죽은 프리지어가
레몬그라스 병에만
말린 레몬그라스가 들어 있다

혼자 걷는 길
그 길에는 은사시나무들이 있고
녹색과 은색의 잎사귀를 흔들어대며
반짝이며 떨고 있다

가는 길엔 무덤이 있는데
무덤들 앞엔 레몬그라스
길게 자란 레몬그라스는
꼭 소녀의 머리카락 같아
엄마 없는 소녀의 산발한 머리를
곱게 땋아주고
무덤가엔 양 갈래로 땋은 머리의 레몬그라스

털실이 담긴 아이스티를 잔에 따라 마시며
오일 병에 담긴 공기로 샐러드를 비빈다
말라 죽은 프리지어를 잼 병에서 덜어 식빵에 발라

무덤가의 양 갈래 땋은 머리의 레몬그라스에게 건넨다

은사시나무는 여전히 반짝반짝 떨고 있고
레몬그라스는
강아지 오줌처럼 노랗고
시큼하다

가정요리 시간

어렸을 때
겨울 방학 오전 9시 반이 좋았어
그때 텔레비전에선 <가정요리>를 방송했거든
<가정요리>에선 화면 가득 스튜가 끓고 있는 냄비가 있어
냄비가 어떻게 벽에 붙어 있지?
방송국엔 중력을 거스르고
벽에 가스레인지를 설치하고 스튜를 끓일 수 있는 냄비가 있나 봐

<가정요리>에 나오는 요리를
우리 가정에선 거의 안 해 먹지만
요리 연구가는 이렇게 말해
<이런 것들은, 보통 집에 하나씩은 있잖아요?>
우리 집에 없는 것들이 보통 집에는 있다는 것을 알던
겨울 방학의 오전 아홉시 반

<가정요리>가 끝나면
파리에 나가 있는 특파원이 연결된
오전 마감 뉴스가 나오고
센강의 바람을 맞아 머리가 헝클어진 특파원은
파리의 소식을 전하고

동해의 일출과 무궁화가 일렁이는
애국가가 울려 퍼지고
스튜가 끓고 있던 화면엔
지지지직, 모래가 가득 찬다

雲井 1

하늘이 닿을 듯한 어떤 옥상 정원에서 식사를 하려는데 머리 위 구름이 좀 이상했다 자세히 보니 그것은 구름이 아니라 쓰레기였다 한 무리의 쓰레기가 머리 위로 지나갔다 악취를 풍기며. 순간 오싹해졌지만 좀 더 용기를 내어 쓰레기 구름을 관찰했다 쓰레기 사이사이 인도식 커리 포트와 깨져 있지만 무척 아름다운 접시가 발견되었다 팔을 뻗어 커리 포트를 잡았다 접시는 흘러가고 있었지만, 난간 끝에 심어둔 나뭇가지 사이에 걸렸다 깨졌지만 아름다운 접시에 망고 푸딩을 담고, 커리 포트에 홍차를 따라 마셨다.

雲井 2

푸른 좀비들의 마을에
홀로 피가 흐르는
인간으로 살았다
어디로도 도망갈 곳 없었다

새벽의 언덕을 넘다
발톱이 빠지고
살점이 뜯기고
다리는 부러지고
어깨는 빠지고
만신창이가 되어
어느 날 어느 밤
오래전 살던 마을에
도착했다
살던 집은 없어지고
폐허 위에
스프링 튀어나온 침대 하나
남아 있었다 침대에
태아처럼 누웠다
웅크리며 떨었다
푸른곰팡이가 섞인 바람이
몹시 불었다

이마엔 차가운 땀
계속 흘렀다
물을 찾았다
목이 너무 말라

구름이 모였다가 참을 수 없을 때 떨어지는
우물로 가
한 모금
구름을 마셨다

雲井 3

어떤 문들은 안에서 잠겨 있어요
안에서 열고 나오지 않으면
바깥에선 열 수 없습니다

등 뒤로 점점 커지는 열기구
한쪽 귀에서는 푹푹 눈 내리는 소리
자판을 두드릴 때마다 벌새가 날개 펄럭이는 소리

누군가 고막을 찌릅니다 톡톡톡,
다리미,
스테이플러,
조각 케이크,
폰타나 디 트레비,
표범의 눈물 자국,
코스모스의 벨벳 같은 꽃잎과,
무희들의 저 디저트 같은 꽃술.
그리고 여덟 개의 초가 달린 난청의 밤

문을 열면 우리는
와하하하 웃거나 웁니다
문은 길과 숲과 같습니다
어쩌면 저 지글거리는 태양하고도 같습니다

얼음 같은 달과도 같습니다
그러나 아시다시피

고문실이 아니라면 모든
문은
안에서 잠기지
바깥에서 잠기는 문은 결코 없습니다

雲井 4

집 안에서도 눈이 내려 쌓이는 집이 있었다
나는 그 집의 가정 교사인데
아이의 부모들은 없다
그 집엔 음악 선생이 하나 있었는데
음악 선생은 나를 사랑했다
나는 눈 미끄럼을 타고
아이를 안아 음악 선생에게 데려다주었다
아이는 내 품에서 떨어지려 하지 않았다
음악 선생이 아이를 안아 가고
나를 쳐다보며
어떤 말을 했다
음악 선생의 말은 말이 아니라서
나는 알아들을 수가 없었다
알아들을 수 없어도
그가 나를 사랑하는 것을 나는 알았다
내 품에서 떨어지지 않으려는 아이는
음악 선생 품에서 잠이 들었다
잠든 채 노래를 불렀다
잠든 아이의 노래는
고양이 폭풍을 잠재우는 효과가 있어
청어잡이 어부들에게 보내야 했다
나는 그것을 알고도 음악 선생에게 아이를 넘겼다

아이는 청어잡이 어부들에게 보내지고

집 안에서도 눈이 내려 쌓이는 집에서
나는 울었다

◟ 안토니아 바버 글, 니콜라 배일리 그림, 『고양이 폭풍』, 김기택 옮김, 비룡소, 2003.

雲井 5

러시아 인형이 말을 한다 러시아 인형은 눈이 파래서 바다 같다고 아이는 생각한다 러시아 인형이 아이에게 말한다 나는 바다를 본 적이 없어 그러나 아이도 바다를 본 적 없고 그래서 바다를 모르고 바다에 대해서는 이름만 아는 풀하고 다를 것이 없는데 러시아 인형아 너의 눈은 바다 같아 하고 말해버렸다 파란 것은 바다라고 유모가 하는 말을 들었던 아이는 그럼 바다는 하늘 같은 거야? 러시아 인형에게 묻는다 러시아 인형은 나는 사실 하늘도 볼 수 없어 말만 할 줄 아는 인형인데 아이는 하늘도 모르는 파란 바다 같은 눈동자의 인형하고 대화하는 이런 시간이 어쩐지 반짝거리는 모래시계의 모래알 같다고 느낀다 아이와 러시아 인형은 모르는 바다처럼 슬프다고 생각하는데 슬픔도 하늘이랑 바다 같아서 어쩌면 단어만 알고 어디 있는 것인지도 모르는 별 같은 것이 아닐까 생각한다 아이는 모르니까 이게 슬픔이 아닐지도 모른다고 러시아 인형을 눕혀 눈동자를 감기고 그 옆에 누워 잠이 들었다

雲井 6

너를 사랑해서 아프다고 소리쳤어. 그 소리는 뻗어나가 천장에서 날카롭게 얼어붙지. 유리처럼. 공중에서 부딪혀 깨지는 소리, 바스러지는 소리, 부서져 흩어지는 소리. 화날 때 왜 사람들이 물건을 집어던지는 줄 알아? 자신의 분노가 얼마만 한 크기인지, 어떤 모양인지 궁금해서 그래. 그래서 무엇인가 와장창 소리 나고 부서지고 흩어지고 깨지는 것을 목격하면서, 자신의 가슴속에 담겨 있던 화를 눈으로 보는 거야. 거친 호흡을 내쉬며 천천히 바라보는 거야 그렇게 관찰된 객관적 상관물이 된 자신의 화를 하염없이, 하염없이 바라보다 보면 알게 돼. 아, 나의 화는 별것 아니구나. 유리처럼 투명하고, 서리처럼 뾰족하고, 공중에서 깨지고, 흩어지고, 흩어져서 날리고, 날려 사라지는. 급기야 어디로 가버렸는지 알 수 없는 분노들. 싸움이 잦은 집 세간들을 잘 봐봐. 그 집 식구들 얼굴처럼 어딘가 어둡게 그림자를 만드는 찌그러진 구석이 있어. 테이프와 순간접착제로 잘 붙였지만 주의 깊은 사람은 금방 알아챌 수 있게 살짝 깨져 있지. 전기 압력밥솥의 뚜껑도 일그러져 모양이 반듯하지 않지만 처량하게도 제구실을 하며 매일매일 칙 칙 칙 칙. 압력을 빼며 밥을 짓지. 너를 너무 사랑해서 아프다고, 이렇게 내 안에는 폭발할 게 많은데 참고, 참고, 참고, 참으며 다 끌어 담고. 매일매일을 규칙적으로 칙 칙 칙 칙. 시간 맞춰 빼주지 않으면 스스로 빠질 수 없는 화를 가득 담고. 매일매일 저녁이면 밥 짓는 냄새가 집집마다 흘러나오지.

雲井 7

그다음에 그는 자리에서 일어나
웃옷을 한쪽 어깨에 걸치고
오른쪽 무릎을 땅에 대고
두 손을 모아 스승께 합장했다

수보리는 붓다에게 말씀을 여쭐 때마다 호흡 하나
작은 움직임 하나하나 정성을 다하여 움직였다
같은 움직임을 수천 번, 수만 번……
-『금강경』에서

구름의 애초는 눈에 보이지도 않는 작은 먼지 알갱이였대
먼지 옆에 작은 수증기들이 모이고 모여서
바람 따라 움직이는 물 덩어리가 되는 거야
커다란 참나무 숲의 처음은 작은 도토리와 기억력 나쁜 다람쥐였던 것처럼
다람쥐가 땅 밑에 숨겨놓고 잊어버린 도토리가
이듬해 봄, 싹을 틔워 참나무 묘목이 되는 것처럼
작은 먼지 옆에 보이지도 않는 수증기들이 모이고 모여서 흰 구름, 먹구름……
번개에 천둥에…… 결국은 쏟아지는 우박의 선득함

예전에 살던 동네에 순댓국집이 있었어
나는 한 번도 해장이 필요하지 않았지만
너는 야근하고 온 다음 날이면 순댓국을 먹으러 가자고 했지
나는 순댓국에 떠 있는 돼지 창자의 보드라운 융털을,

융털 사이 끼어 있는 들깻가루의 까슬함을 좋아하지 않았어
맵고 단 양파를 된장에 먼저 찍어 먹고
번개와 천둥의 시차를 계산해봤어

왜 여름비는 가을비랑 다른지
왜 나는 네가 아니고 나인지

그다음에 나는 자리에서 일어나
웃옷을 한쪽 어깨에 걸치고
오른쪽 무릎을 땅에 대고
두 손을 모아……
기억력 나쁜 다람쥐와
눈에 보이지도 않는 작은 먼지 알갱이가 되어 있었어

2부
새 이름을 부릅시다

눈물 쌓이는 밤

상가 건물의 마무리 공사가 끝나고
배가 무거운 나비는 갈 곳이 없어졌다

속절없는 갸르릉, 갸르릉, 갸르릉들……
무거운 아랫배의 통증이 시작되었고
유리 파편 같은 통증들 사이
불 꺼진 어느 집, 따스한 천장과 지붕 사이에
고물고물한 새끼 세 마리 토해내듯 쏟아내고

배를 앓던 아버지는 입원하여 암세포를 떼어내었다
엄마가 입원실 간이 침상에서 쪽잠을 주무시는 사이
나비는 제 뱃속에 새끼들을 싸고 있던 하얀 태반을 먹는다
노란 고름, 검붉은 피까지 다 먹는다

수술 자국 여민 곳의 상처가 아물어가고
거즈에도 더 이상 노란 고름, 검붉은 피 배지 않는다
깜깜하고 추운 날
퇴원하여 돌아오니
비웠던 집 천장에서
쥐새끼처럼 살고 있는 고양이 가족들

아버지는 아프고

엄마는 속상하다
무엇 때문이라고
도대체가 말할 수 없는 이 속상함들
속상함의 결정結晶들

<여보, 나는 저 녀석들을 죽이고 싶어요>

눈이 내린다
먼지 같은 눈이
아픈 천장으로, 지붕 위로
이제 막 공사가 끝난 상가 건물 위로
몸을 푼 고양이의 구슬 같은 눈동자 앞으로
무구한 새끼 고양이들의 솜털 같은 갸르릉들
그 위로도 쌓인다
상가 분양 안내 배너가 바람에 흐느끼며
먼지 같은 눈들을 털어낸다
눈물을 털어낸다

아픈 아버지가 쥐약을 사오시고
속상한 엄마는 쥐약을 눈물에 탄다
눈물에 탄 쥐약을 눈 위에 뿌리면
눈이 녹아 눈물이 되고

눈 위에 화인火印 같은
약 탄 눈물 자국들
다시는 오지 말라고
쥐새끼 같은 고양이들도
속절없는 속상함들도

천장 위엔 고양이 나비와
나비의 새끼 고양이들
천장 아래엔 아픈 아버지들과
속상한 엄마들
여전히 눈은 내려 쌓이고
흐르지 못하는 눈물이
소복소복 쌓이는 밤

선회하는 옥수수 치통의 세계

세르주와 제인이 결혼해서
선회를 낳았어
선회는 선해
선하면서 모든 걸 다 알아 그래서
모든 걸 선회하는 선회는

한국의 강원도 사람
옥수수를 좋아해
미국의 대형 농장에서 재배되어
칸쵸 상자 같은 사육장에서 재배된 소들이나 먹이는,
남은 옥수수는 공업용 수지로 만드는 그런,
그린 자이언트 스위트 콘 따위하곤
본질적으로 다른 그런,
강원도 찰옥수수를
선회는 그토록 좋아하지
그런 선희는

연애를 많이 해
선회의 연애는 세르주와 제인의 연애처럼
불투명하고 어둡고 꼭
핵이 빠져나간 수정란 같지 않아, 뭐랄까
왠지 아름답지

(여기선 곤란하니까 아름다움에 대해선 말하지 않기로 해)

결혼은 아이를 낳는 일의 첫 번째 순서라고들
흔히 그렇게 말하지만
아이를 낳고 결혼을 하는 사람도 많고
아이만 낳고 결혼은 하지 않는 사람들도 있고
결혼은 하고 아이를 낳지 않는 사람도 있어

결혼 없이 낳은 아이들은
조르주가 키울까 제인이 키울까?
조르주는 프랑스인, 제인은 미국인
선회는 한국인인데
둘은 결혼 없이 낳은 아이가 선회 말고도 많은데

다 좋은데 선회에게 옥수수는 이빨이 너무 많다
다른 채소들보다 치통이 심한 곡물
결혼에 대해 고민이 많은 선회는 생각한다
지금 내가 다른 나라 사람인 부모, 조르주와 제인의 일로
골치 썩는 것과 옥수수 치통의 고통과 다른 게 뭐지?
선회는 말한다
결혼이란 옥수수 치통을 선회하는 세계라고

폴란드 그릇 가게

지금이 언제인지, 무슨 계절인지 삭제하고
순간만 사는 이들이 가는 그릇 가게가 있다

푸른색 물감의 데이지가 그려진 접시와
알록달록한 팬지가 그려진 머그잔과
굽 있는 받침 접시에 올라 있는 우아한 홍차 잔과
하얗고 차분히 칼 맞을 준비를 하는 도마
똑 떨어지는 사각의 트레이
양쪽에 손잡이가 있는 타원형의 그라탕기
주둥이가 삐죽 튀어나온 저그
참나무 손잡이의 법랑 밀크 팬과
귀족 부인의 사이드 테이블에 있을 법한 티팟
앙증맞은 버터 용기와
각설탕을 담아두는 설탕 용기까지
폴란드 그릇 가게엔
당신이 상상할 수 있는 모든 그릇이 있다

19세기식 모노클 안경을 쓴 점원이 카운터에서 나온다
무슨 그릇이 필요하신가요?

그런데 나는 필요한 그릇이 무엇인지 몰라서
어쩌면 그릇이 필요한 것인지 아닌지도 몰라서

물음에 대답도 못 하고 우물거리는데

신비와 환상과 모험들을 꺼내지 않고
호주머니 속에 넣고만 다니는 사람은
저희 가게에선 좀…… 곤란합니다

나는 얼굴이 사과처럼 빨개지고
지금이 어떤 계절인지
오늘이 몇 월 며칠 무슨 요일인지,
정확하게 알고 있다는 것을 생각해내고
폴란드 그릇 가게를 나왔다

우유는 슬픔 기쁨은 조각보

우유 사러 갈게, 하고 나갔다가
돌아오지 않은 여자가 있다

생각해보니 여자는
우유 사러 갔다 올게, 하지 않고
우유 사러 갈게, 그랬다
그래서 여자는 돌아오지 않은 것일까?

우유는 슬픔
기쁨은 조각보

왜?

슬픔은 뿌옇게 흐르고
썩으면 냄새가 고약하니까
나에게 기쁨은 늘 조각조각
꿀이 든 벌집 모양을 기워놓은 누더기 같아
여자는 이렇게 말했다 그러나
전혀 기억나지 않는 말
지금 기억나는 말

그때 무얼 하고 있었지?

우유를 마시고 있었다
조각보로 덮어둔
밀크 잼 바른 토스트를 먹으며
티브이를 보고 있었다
재방송 드라마가 하고 있었고
주인공이 막 오래된 마음을 고백하려는 중이었다
고백은 끝나고 키스도 끝났는데

우유 사러 간 여자는 영영 오지 않았다
벌집 모양 조각보는 그대로 식탁 한구석에 구겨져 있고
우유는 방 안 가득 흘러넘쳤다

아무도 모르는 각설탕의 角

*아무르파티*의 아
*무라노*의 무
*도일리패턴눈꽃송이*의 도

아무도 각설탕의 각이 어떤 각인지
정확한 설명을 할 줄 아는 사람이 없다는 것,
이것이 이 세계의 가장 큰 비극인데
사실 비극은 너무 천차만별이고
이 세계는 너무도 세심하게 갈라져 있어서
그 틈 사이에 사는
난쟁이 배우들이 생겨날 수밖에

나는 그들과 밤마다 만난다
만나서 꿈의 계산서를 받아 온다
그들은 각설탕의 각을 지나치게 꼼꼼하게 계산한다
심지어 사막에 사는 염소, 아라비아오릭스의 뿔까지도
너무 잘 계산하고 있어서
나는 그들을 사랑할 수밖에 없다
난쟁이 배우들은 사실
보통의 사람들보다 키가 훨씬 크다는 것,
그들이 각을 정확히 계산하는 데 있어 이 점은 매우 유효하다

주관적으로 생각하면 그렇다고 말하기 전에
어떤 정서 실험을 하든 그 값을 객관화하여
누런 표지의 기자 수첩에 꼼꼼히 기록하는 버릇,
그런 마인드가 있어야 시를 쓸 수 있다

*아무르파티*는 지도에 이름도 나오지 않은 소읍에서 벌어진 사건이고
*무라노*는 유리 공예점이 많은 베네치아 근처의 작은 섬이고
*도일리패턴눈꽃송이*는 어제 우리 집에 찾아온 손님이었다

검은 우주는 검지 않다

나와 함께 놀기로 하고
9월의 어느 저녁,
창문의 커튼 바람처럼 떠난 너는
지금 어디에 있니?
잘 있는 거야?

나는 너를 끝까지 사랑할 수 없어서
일시 정지 당한 음악 파일 같아
모든 것이 왜 이렇게 엉망진창인지

엄마는 시장에 또 나가셨어
아기 손바닥보다 작은 붕어빵에
오늘은 팥 앙금을 얼마나 넣어야 하나 고민하시면서

생강과 원추리 사이
흙모래와 돼지비계 사이
갈치와 분홍 리본 머리핀 사이
모든 것이 연관 없이 묶여 있는
비 오는 시장 바닥
검은 물이 흘러
우주처럼 검은

시장의 여자가 나이를 잊어버리는 건
민트 껌을 석유 맛이 날 때까지 씹다 버리는 것

우주가 검다는 건
우리의 시력이 가시광선의 바깥에선
아무것도 볼 수 없기 때문이야
동굴의 늑대가 볼 수 있는
몸을 숨긴 오소리를 우리가 볼 수 있다면
수풀의 뱀이 볼 수 있는
덜덜 떨고 있는 두더지를 우리가 볼 수 있다면
우리에게 검은 우주는 더 이상 검지 않다

☾ 밴드 '페퍼톤스'의 노래 제목

기쁨과 슬픔과 절망의 트라이앵글

—7년 전의 7년 전 일기

7년 전, 4월에
우리는 바닷가에 갔었다
바닷가에는
데이지나 아네모네 화분에 물을 주었을 때
꽃잎 끝에 맺히는, 투명도 99%의 물방울 같은 햇살이
우리 위로 떨어지고 있었다
그리고 우리는 웃고 있었다
멀리 바닷가 마을에 사는 개가
이방에서 온 손님들에게 멍멍멍 짖었다

그래도 중요한 건 우리는 웃고 있었다
기쁨과 슬픔과 절망의 트라이앵글을 치는 것처럼
우리의 웃음은 땡땡땡땡……
바닷가 투명한 햇살을 받으며
땡땡땡땡……
트라이앵글 바닥 면의 절망과
양쪽으로 똑같이 기울어진 기쁨과 슬픔을 치면서
우리는 4월의 바닷가에서 웃고 있었다

새 이름을 부릅시다

—시인 이영주에게

나는 종일 벌새처럼 사소했는데
너는 타조처럼 슬펐다며
딱따구리처럼 유쾌하지도 못하고
노랑턱멧새처럼 가볍지도 못하고

어떤 날은 까마귀가 먹구름 같은 두통을 몰고 와서
하염없이 노트북에 새 폴더를 만들고
새 폴더엔 내리지 못하는 흰 눈꽃 송이들이
하늘로 올라가고 있었지

흰 눈꽃 송이들은 땅으로 떨어지지 못해서
재재거리는 직박구리처럼 소란스러웠어
아파트 꼭대기 층에서 바라다본 창밖은
아무리 떨어져도 추락하지 못할 것 같은
그 높이의 새다움!

타조는 달리기를 너무 잘하고
게다 눈이 너무 예쁘고 착해서 슬픈 거였어
날지 못하는 새라서가 아니라

할머니 미미

어떤 할머니가 있어
할머니의 이름은 미미
깜깜한 것들을 덮어주는 아주 근사한 할머니 미미
안경은 썼지 나이가 들면 노안이 오는 것은 당연하니까
인디언 핑크의 바탕에 쑥색 깨꽃 무늬가 그려진 치마를 입고
(치마 속엔 삼단 핀턱 레이스 속곳은 꼭 챙겨 입어야지)
버건디 색의 니트 카디건을 받쳐 입고 있어야 해
니트 조끼엔 주황색 호박 단추가 달려 있겠지만 한 개만 채워야지
(할머니는 스타일이 중요하니까. 스타일 없는 할머니는 영혼 없는 좀비)

할머니 미미는 지금 남편도 잃고, 아들도 먼 외국에 가서 살고 있고
손자들은 공부하느라 바빠서 명절에도 오지 않아
할머니의 집은 용인이나 안성, 아니면 화성 어디엔가 작은 시골
저녁에 전등불을 끄면 별만 빛나는 곳
할머니 미미는 기름 값을 아끼기 위해
낮 동안 동산에 올라가 모아온 솔가지들을
화목 난로에 집어넣으며 생각하지
젊은 날 사랑했던 남자들을

새로 넣은 솔가지에 불이 붙고 소나무 기름이 타닥타닥 타는 소리

할머니 미미는 낮에 뜨다 만 블랭킷을 집어 들지
블랭킷 뜨개 바구니 옆에는 고양이 나비가 미야~옹
난로의 불빛에 일렁이는 나비 눈동자엔 졸음이 가득해
할머니 미미는 나비의 머리를 세 번 쓰다듬고
접혀진 블랭킷을 무릎에 덮고 그 위로 계속, 계속 뜨개질을 해
미미의 블랭킷은 끝이 없는 밤을 덮어주려고 뜨는 것처럼
끝나지 않아 그 블랭킷은
톨스토이와 카프카와 밀레나와 오르한 파묵을,
파울 첼란과 잉에보르크 바흐만과 도스토옙스키를,
에밀 아자르와 로맹 가리(장난 같은데 그들은 결국 같은 사람),
그리고 다자이 오사무와 미야자와 겐지, 보르헤스와 파블로 네루다를,
백석과 김소월과 윤동주와 정지용을……
할머니 미미는 덮어주고 또 덮어주었지

기라는 남자 무무라는 여자

<기>라는 이름의 남자가 있다
<무무>라는 이름의 여자도 있다
기는 프랑스식 남자 이름인데
기는 자신의 이름은 프랑스식 이름이 아니라고 했다
그저 기러기의 기, 라고 말했다
무무는 당연히 無無

기는 먼지 같은 자신의 사랑 때문에 괴로워했다
<사랑 때문에 괴로운 것은 당연한 것 아니야?>
사랑 전문가인 무무는 빨대를 입에서 떼고 마시던 주스 잔을 내려놓으며 말했다
<사랑 때문이 아니야. 나의 사랑이 먼지 같아서라구!>
기의 말을 듣고 무무는 잠시 할 말을 잃었다 그러나 다시 말을 이었다
<연인들이 하는 말들을 들어보면 다 먼지 같아. 타조의 겨드랑이 깃털만 모아서 배꼽을 간질이는 것처럼. 차마 들어주기 힘든 가벼움이 있지>
그런데 기의 먼지는 바위보다 무겁다는 것이 함정
무무는 골똘한 표정으로 마시던 자몽 주스의 핑크색이 유리잔에 남아 있지 않을 때까지
단숨에 빨대를 쭉 빨았다
기는 무무의 주스 마시는 소리를 들으면 마음이 몽롱해졌다

주스가 흘러 코인 가라오케의 미러볼처럼 반짝거리는 입술을 가진 무무

쌉쌀한 자몽 주스가 묻어 있는 무무의 입술을 바라보다
기는 키스를 한다

픽셀의 심연

내가 아는 건 지구상의 생명체는 사악하다는 거야
나는 이치를 알거든
-라스 폰 트리에, <멜랑콜리아>에서

갤러그 막판까지 가보고 싶은 마음
8비트의 전자음을 들으며
검은 바탕의 우주 전쟁을 치르고
밖으로 나오면 비가 온다

비가 오면 발이 빠진다
발이 빠지면 우리는 녹는다
녹은 후에는 아무것도 아닌데

녹지 않으려고 우리는
우리의 마음을 모서리부터 회색으로 칠한다
회색에서 짙은 먹색, 먹색에서 검정으로

각운을 맞추어 라임이 되도록
모서리부터 칠한다 구석구석
가운데가 동그랗게 될 때까지
정육면체가 구가 될 때까지

<둥글게 마음먹어야지, 튀어나온 녀석은 깎이게 되어 있어!>

G. 다이스가 보여준 숫자는
여섯뿐이지만
우리는 여섯의 세제곱까지 계산할 줄 안다
6·6·6=번개의 나이

먹구름이 아무리 비를 퍼부어도
태평양에 나가면 얼마든지 비의 재료를 만날 수 있으니까
우리는 홍수를 견디지 않으면 안 된다

썩은 흙의 강바닥, 흐르지 못하는 역겨움,
픽셀의 심연을 견디지 않으면 안 된다

유리모래가 있는 분홍 호수

엄마는 첫 기차를 타고 시골로 내려갔어
이어폰으로 <건즈 앤 로지스>의 음악을 들으며
무릎엔 『헤르메스학 입문』 책이 펼쳐져 있고
시골은 남쪽이라 내려간다고 말을 하는데
지구 반대편에서 본다면 올라간다고 말을 할 수도 있지
그러나 우리의 중심은 북쪽에 있어서 겨울에 여름이고
여름에 겨울인 그런 곳을 정신 차려야 상상하지
수시로 상상할 수 없어
그렇다고 그것이 죄는 아닌데
죄의식도 없이 죄를 저지르며
언제 한번 제대로 속죄할 시간도 없이
아빠는 출근하려고 버스를 기다려
버스 정류장에서 새가 흰 똥을 싸서 구두를 더럽히고
하필, 검은 구두에
정수리에 떨어지지 않은 게 다행이라고 해야 할까

언젠가 유리모래가 있는 분홍 호수에 가고 싶다고
첫 기차를 타고 영영 시골로 내려간 엄마에게 말할까
새가 흰 똥을 싼 검은 구두를 신고 출근하는 아빠에게 말할까

엄마가 떠난 남쪽 시골에선 수수가 쑥쑥 커가고 있고
추수한 보리밭은 덩그러니 보리 대궁들이 더위를 빨아들이

며 썩고 있고
햇살이 싱거워져서 그런지
포도는 자주색으로 익어가는데 예전처럼 달지 않아

유리모래가 있는 분홍 호수는 실제로 이 지구상에 존재하는데
내 눈으로 한 번도 본 적이 없기 때문에 증명할 수는 없고
불쌍하지만 자신이 불쌍하다고 한 번도 느낀 적이 없는 엄마 아빠들을 생각하면
꼭 가보고 싶다는 말을 못 하겠어
그래서인지 어쩐지 이유는 모르겠지만
그레이스 켈리와 잉그리드 버그만 같은
슬픈 가을이 오고 있다

番外의 야드

붉은 양귀비가
번외의 야드에 피어났을 때

나는 그것을 너에게 몹시 보여주고 싶었는데
너는 나에게 쌀쌀하게 말한다

<이제 그만 전화해 피곤하다>

화단을 만들고 흙을 돋우고
잡초를 뽑아주고 물을 준 곳에서는 말라가는데

나는 한 번도 돌보지 않은,
지게차가 건축 폐기물을 쏟아붓고 간 그 자리에
왜 그 붉은 양귀비가 피어 있을까

너무 붉은 그것은
언젠가 손목에 상처가 났을 때
울컥울컥 쏟아지는 피 같아
흰 손수건으로 꽁꽁 동여맸지만
자꾸 손수건에 배어나는 그,
찝찔하고 물컹하고 따뜻한 그것
그리고 양귀비의 잎은 꼭 쑥갓 같아서

씹으면 씁쓸할 것 같은데
꽃잎은 사랑에 빠진 연인의 피처럼 달다
그럼에도 불구하고

<나 이제 피곤해, 제발 그만 연락했으면 좋겠다>

계절은 유월인데 십이월에 가 있는 너의 목소리
나에겐 언제나 번외의 야드

아지랑이 소야곡

어렸을 적에 엄마가 그랬어
땀 안 흘리고 멍한 표정으로 앉아서 시간 죽이는 것들,
전부 다 날라리 한량이라고

나는 커서 날라리 한량이 되어,
눈 오는 창밖을 바라보며
제비꽃을 기다리고 있어
제비도 아닌 제비꽃을
제비꽃은 무덤에 잘 피어 있지

가만 보면 어리고 여리고 아무것도 모르는
작고 순정한 것들은 전부 다 그래
무덤 옆에서만 펴
죽음을 먹고 자라는 것처럼

나는 어릴 때부터 엄마 말 안 듣기로 소문난 아이였지만
혼자 멍하니 들에서 피는 아지랑이를 보고 있으면 눈물이 났어
미래의 내 모습이 보여서
땀 흘리지 못하고 고통스럽기만 한 어떤 날라리 한량이
제비꽃을 들여다보며 울고 있어서

지고이네르바이젠風,
코리아타바코앤진생컴퍼니의 안녕

사라사테, 지고이네르바이젠, 구름이 끼여 있는 방충망, 코리아타바코앤진생컴퍼니, 귤껍질, 샤콘느, 비탈리, 언덕을 구르는 커다란 눈덩이, 눈동자, 눈동자, 흐릿하다고 말을 하면 맑아지는 차, 물 끓는 소리, 매연 저감 장치가 달린 경유차, 오래된, 자동차, 에릭 클랩튼, 신지혜라는 이름의 여자 아나운서 목소리, 연탄, 구멍, 구멍 속의 바람, 훈의 소리, 무엇이 너를 이렇게, 암막 커튼을 치고 곤봉으로 여자를 때리는 손, 그 팔뚝의 힘줄, 솟아오르는 선혈, 땀인지 눈물인지 알 수 없는 짠물, 이젠 사라진 우물, 어디에도 없는 우물물, 그 위로 번지는 기름의 무지개 띠, 전각의 인주, 붉은, 죽어버린 피 같은 인주, 너의 입술, 터진 입술, 아직 터져 나오지 못하고 입술을 파랗게 부어오르게 하는, 베이스 기타, 작은 젬베, 두드리는 검은 손, 바다, 새벽의 바다, 파도가 없는, 뭍으로 뭍으로 침범하는 바다, 피오르드식 해안, 갈매기 식당, 거기 앞에서, 코리아타바코앤진생컴퍼니에서 만든, 얇은 에쎄를 피우는, 어떤 여자, 샤콘느, 지고이네르바이젠, 청승맞은 선율, 선율 위에 얹어지는 리듬, 그리고 리듬, 안녕은, 안녕하니, 라는 물음일까, 잘 있어, 라는 작별 인사일까

춤추는 플라밍고

—아무것도 가르쳐주지 않지만 모든 걸 배울 수 있는
<에뛰드 하우스>에서

매일매일 밤샘통화를 하다 다시 꺼낸 바람막이를 입고 테라스의 칼바람을 맞이하고 있었어. 그때 내 발 아래로 단풍나무 잎 한 장이 떨어지더라. 아, 얼굴이 너무 건조해지는 계절이야. 나는 쫀쫀 모공 머드팩을 하고 잘 거야. 찬바람이 좀 더 불어준다면 나는 핑크 밍크 코트를 입고 너의 야상의 품 안에서 잠들고 싶어. 공원에 나가 보니 바람맞는 카멜 트렌치를 입은 여자가 바스락 낙엽 소리를 내며 지나가는데 나는 갑자기 따땃한 뱅쇼 한 모금이 간절했어. 주위를 둘러보니 홍차 다방이 있었는데 나는 그 옆에 커피 볶는 집으로 들어갔지. 다이어트를 생각하면 생크림을 얹은 모카커피를 시키면 안 되는데. 이러다 결국 생크림 딜레마에 빠질 텐데. 그래도 나는 그 위에 메이플 시럽까지 뿌려 마시며 기다리지. 네가 정말 올까? 설레임의 시작이야. 내 심장은 춤추는 발레슈즈처럼 뛰었어. 어느새 나의 두 뺨은 청순한 딸기시럽처럼 달콤해져서 그 흔한 사랑노래도 이왕이면 다홍치마라고 미스디스코 퀸 이었던 내가 불러야 하지. 그래야 사랑노래의 진정한 완성. 가을의인사처럼 창밖에는 비가올랑말랑해. 그날이 생각난다. 꽃피는 봄이었지. 사랑은 비를 타고 폴 인 러브하던 그날. 우린 벤치데이트를 했지. 새벽라디오를 들으며 레이디 얼 그레이의 아침을 지나서 우린 만났어. 넌 말이지 베이지 같아. 피기핑크 같은 입술을 오물거리며 넌 말했어. 우리는 핏빛 피플러브퍼플. 그녀를 바라보는 그를 보라, 두근두근 라일락의

보랏빛 공상과 망상. 지난 유성쇼에서 빌었던 별똥별소원이 이루어 진거야. 와이와인을 마시며 파이어 뱀파이어의 밤을 맞이하며 우린 뽀글뽀글 파도거품의 여름 바닷가로 놀러 가기도 했지. 흩어지는 조개껍데기와 꼬물꼬물 불가사리를 줍던, 그 눈부신 해변에서 우리는 마치 춤추는 아기해마들 같았어. 비키니 핑크에이드를 마시며, 서핑웨이브를 즐기고 휘파람허밍을 불렀지. 여기는 서퍼스 파라다이스, 살구펄시럽을 넣은 달콤쌉쌀 자몽주스와 탱글탠저린과 애플아임쏘리를 섞은 칵테일. 이 해변에 쏟아지는 햇살은 너랑나랑노랑!ㄷㄷㄷ 하늘에 걸린 풍선은 마음으로 그린 꿈, 너와의 키스는 칵테일 키스 같아. 치약보다 달콤한 민트, 나이스 민트 유! 이것은 선글라스 낀 밤에 먹는 얼음빙수야. 실버스푼으로 은빛 물방울을 섞으며 비밀의 정원을 떠도는 줄리엣 키스야. 우리는 밍크민트 티셔츠를 입고 빈티지 데님을 입고 아쿠아리움에도 갔지. 꼬리치는 돌고래와 옹기종기 노랑열대어들을 구경하며 우리는 영혼없는 그레이의 터널을 지나왔잖아. 그런데 여기가 어디야, 도대체 우리 얼마나 온 거야? 우리의 목적지는 파자마파티였는데. 미러볼댄스를 추러 호박마차 램프에 불을 켜고 파이어 워크, 파이어 워크, 하면서. 파자마 이브닝 드레스에 프롬퀸, 스윗 봉봉 하면서. 그러나 아무리 해도 하트투하트는 할 수 없는 세계에 살아서. 아무리 노력한다 해도 우리는 페어리픽셀 같은 핑크플랑크톤일 뿐이어서. 아무리 아무리 아모레 미오, 로맨틱 핑크 피치를 깨물며 앤틱 민트를 씹어

봐도 그래. 자, 퍼플 젤리피쉬 여러분, 평화로운 피지섬에서 만나요. 그 신기한 우주바다에서. 지금까지 퍼플로즈만 잔뜩 들어 있던 판도라의 상자 속 은하수여행이었을 뿐입니다. 그러니 예수가 살아 돌아오기 전에 미리미리 미리 뽕, 미리 메리 크리스마스!

ㄴ 플라밍고(flamingo)
1. 홍학류(flamingo, 紅鶴類): 황새목 플라밍고과에 속한 새를 통틀어 이르는 말. 몸길이는 약 80~130센티미터, 키는 약 1.2미터이다. 대형 조류이며, 목과 다리가 매우 길며, 날개도 크다. 얼굴에는 깃털이 없고, 부리는 독특하며 중간 부분에서 밑으로 굽었다. 꽁지는 짧고 발에는 물갈퀴가 있다. 깃털은 핑크색에서 진한 분홍색까지의 변화가 있으며 날개 끝은 흑색이다. 크고 작은 담수와 소금기 있는 물 또는 바닷물의 호소, 갯벌 등지에 산다. 연체동물, 갑각류, 곤충, 조류(藻類) 따위를 먹는다. 4~6종이 아프리카, 남유럽, 중앙아시아, 아메리카 열대 지방에 분포한다. 학명은 Phoenicopteridae이다. (두산백과)
2. 새의 깃털과 같이 적색을 띤 황색. 색명으로서 1898년에 채용. (패션전문자료사전)

ㄴㄴ 이 시는 <에뛰드 하우스>에서 2014년 겨울까지 출시된 네일 컬러 이름들을 재구성하여 쓴 시임을 밝힌다. 표기 및 띄어쓰기는 <에뛰드 하우스> 제품명을 따른다.

ㄴㄴㄴ 오은, 『너랑 나랑 노랑』, 난다, 2012.
화장품 회사 <에뛰드 하우스>에서 오은 시인에게 사용 허락을 받지 않고 컬러 이름으로 사용했다. 그러나 나는 오은 시인에게 허락을 구하고 이 명칭을 사용한다.

로코코 여인의 검은 구멍

마음속에 먹구름으로 칠해진 부분이 있습니다
그것이 어떻게 그 자리에
그렇게까지 진하게 진행되어왔을까

블랙홀은 검지 않다고 말하던
로코코의 여인,
모든 빛을 삼키는 우주의 가장자리

그녀의 방 안에는 깊은 구멍이 있습니다
그 구멍엔 물이 찰랑찰랑
구멍 속의 물엔 물고기가 살았는데
어느 날 보니 물고기는 없고
물고기의 뼈들이 헤엄치고 있었습니다
물고기들의 살이 녹아 물이
저렇게 납처럼 빛나는 것이 아닐까
바람도 없는데 찰랑찰랑
어둠을 움직이게 하는 힘은
어디서 오는 걸까요?

납처럼 검게 빛나는
로코코의 여인
그녀가 쥐고 있는

검은 레이스가 달린 검은 양산은
빛을 빨아들입니다 그래서
모든 빛은 그녀에게로 가
내장부터 깜깜해집니다

無言歌

오늘은 사랑에 대해서 이야기하겠습니다. 네, 사랑이요. 믿을 수 없겠지만 그렇습니다. 누구에게나 말하고 싶지 않지만 말할 수밖에 없는 이야기가 있지요. 새벽의 단꿈처럼. 희미해지긴 하지만 끝내 사라지지는 않는. 안개 속에 서 있으면 우리의 그림자는 3D 입체가 됩니다. 가로등이 몇 개가 켜 있는지 세어보며 걷던 안개의 새벽을, 이제는 하나의 독립된 인격체가 되어버린 나의 그림자와 함께 걷습니다. 그림자와 함께하는 안개 속의 산책에서 나는 그전에는 전혀 알 수 없었던 이름을 하나 얻었습니다. 독일군에게 쫓겨 이 안개의 방으로 도망쳐 나온 사실을 아무에게도 말하지 말아주세요. 나는 그러니까 일종의 벌을 받는 중입니다. 하루에 한 가지씩 이야기를 해야만 살아가는 운명이죠. 셰에라자드는 그나마 팔자가 좋은 거였습니다. 천 일 동안만 이야기를 지어내면 되었으니까요. 지금은 1932년. 장소는 스위스와 이탈리아의 국경 지대입니다. 아, 혹시 궁금하실지 모르겠지만 저는 유태인은 아닙니다. 독일군에게 쫓긴다고 하니 유태인이라고 생각하실 것 같아서요. 프리실라 안나 마리아 코엘류. 그녀의 이름입니다. 독일식 이름에 스페인식 姓, 영국식 미들 네임이 두 개인 그녀. 그녀를 처음 만난 것은 인터라켄 근처의 한 캠핑카 주차장이었습니다. (아, 지금은 2005년입니다.) 그녀는 알몸에 서리를 잔뜩 붙이고 있었습니다. 네, 서리요. 이슬이 내려언 상태라고 할까요? 그녀는 알몸이었습니다. 놀랍게도 얼어 있지는 않았어요. 희고 투명한 서리는 그녀의 갈색 피부에 물고기

비늘처럼 달라붙어 반짝이고 있었습니다. 동쪽 하늘을 반쯤 덮은, 흰 눈을 이고 있는 알프스의 융프라우요흐 산마루에 지금 막 동이 터오고 있었거든요. 나는 그녀에게 말을 붙였지만 그녀는 내 말을 알아들을 수 없었어요. 나의 모국어는 그녀에게는 외국어였거든요. 하지만 그녀는 비늘처럼 붙은 서리가 녹지 않도록 자신의 몸을 만지지 말아달라고 했습니다. 물론 그녀의 모국어는 나에겐 외국어였지만, 나는 그 말을 알아들을 수 있었습니다. 우리는 그 어떤 터치도 없이 서로의 사랑을 느꼈습니다. 그녀는 얼음 같은 눈동자를 녹이며 나를 바라보았습니다. 나를 바라보며 녹아버리는 그녀가 너무 안타까워서 나는 그만 떠나기로 마음먹었습니다. 그 어떤 터치도 없이 어떻게 이런 사랑을 느낄 수 있을까? 이것은 어쩌면 거짓이 아닐까? 슬펐습니다. 그러나 나는 안개 속에서 입체의 그림자와 함께 영원히 산책하는 벌을 받은 자. 그러니 그 어떤 운명의 쓴 잔이라도 받아들여야 했습니다. 지금은 2036년의 가을. 장소는 북한산 바위 골짜기입니다. 이제 아무도 프리실라 안나 마리아 코엘류라는 이름을 기억하지 않겠지만, 그리고 기억할 필요도 없겠지만, 나는 그 이름을 북한산 바위 골짜기에 조용히 묻고, 나의 그림자와 함께 영원한 안개 속의 산책을 하고 있는 중입니다.

봄, EXIT

걸었다
밤이었다
잎도 없는 검은 나뭇가지에
흰 꽃이 피어 있었다
희미한 향기가 소근거렸다
나 지금, 여기 있어
짠물이 흘렀다

텅 빈 학교 운동장
펜스 사이 피어 있는 개나리
누군가 돌아오라고 매달아놓은
노란 리본들

아무도 돌아오지 않았고
어디로도 도망갈 곳이 없었다

3부
피터 판과 친구들

피터 판과 친구들

—프롤로그

자, 이제 <초록코털괴물>과 <풍선머리조종사>와 <옷걸이요정>과 함께 <허니밀크랜드>로 떠날 시간입니다. 그럼 함께할 제 친구들을 소개하지요.

사는 일이 지루하고 지루하고 지루하고 지루하고 지루하고 지루하고 지루하고 지루하고 지루하고 지루하고 지루한, 당신 때문에 이름 붙인 친구들입니다.

취향과 친분으로 누군가를 접하게 되는 사람들을 위하여:

<초록코털괴물>과 친한 <옷걸이요정>은 겨울을 좋아하고 감자를 싫어합니다. <풍선머리조종사>와는 서먹한 <초록코털괴물>은 드뷔시를 좋아하고 육식을 혐오하고 《월간 모터쇼》 잡지 정기 구독자입니다. <옷걸이요정>과는 그럭저럭 지내지만 <초록코털괴물>이라면 질색하는 <풍선머리조종사>는 캐러멜 푸딩을 좋아하고 매일 해야 하는 지겨운 일 중에는 빨래 개는 일을 제일 싫어합니다.

<허니밀크랜드>에 대해서:

가끔 저는 이런 부당한 질문을 받습니다. <피터 씨, 당신이 두 번째 시집에서 이야기하는 랜드하나리는 도대체 어디에 있습니까?> 어어, 음…… 저는 더듬거리며 대답합니다. <랜드하나리는 그러니까…… 당신 마음속에 있습니다.> <너무 뻔한 답변 아닌가요?> 다시 질문을 받습니다. 그럼 저는 이렇게 말합니다. <당신은

랜드하나리가 정말로 지구본에 있다고 생각하고 물으신 건가요?>

<허니밀크랜드>는 말 그대로 젖과 꿀이 흐르는 땅,
그러니까 당신이 나와 처음 계약한 그곳입니다.
흙탕물과 폐유가 뒤섞여 흐르는 여름날의 어떤 아스팔트에서서 우리의 계약을 떠올립니다.

행복에 대한 견해로 누군가를 접하게 되는 사람들을 위하여:
<초록코털괴물>은 대체로 행복합니다.
그는 행복이라는 단어를 한 번도 사용하지 않고 행복합니다.
마음만 먹으면 누구든지 얼마든지 가능한 일입니다만,
많은 이들이 대부분 마음을 먹는 대신 눈물을 삼킵니다.
그때 삼키는 눈물은 휴가철 막힌 고속도로에서 파는 뻥튀기의 뻑뻑한 맛입니다.
<옷걸이요정>은 <초록코털괴물>의 행복을 하루에 딱 1,700원어치씩 삽니다.
돈을 주고 사지 않는 행복은 행복이 아니어서
<옷걸이요정>은 친구 <초록코털괴물>에게 꼭 돈을 지불합니다.
<풍선머리조종사>는 행복해도 그만 불행해도 그만입니다.
그는 이미 삼천 번 죽고도 살아 있기 때문입니다.
그게 가능한 일이냐고 묻지는 마시길 당부드립니다.
저는 다만 당신의 상식을 존중합니다.

피터 판과 친구들

—에피소드 1: <허니밀크랜드>의 이상한 삼겹살 파티

강이 있고 산이 있고 양파가 있습니다.

<초록코털괴물>은 강물 속에 <옷걸이요정>은 산그늘에

<풍선머리조종사>는 양파 껍질 사이에 있습니다.

세 친구가 도착한 <허니밀크랜드>에서 삼겹살 파티가 벌어졌습니다.

여기선 숯 대신 먹구름을 연료로 사용합니다.

먹구름 연료는 연기도 안 나고 껍질이 있는 덴마크산 삼겹살을 아주 노릇노릇 잘 구워줍니다.

가끔 어떤 분들은 어려운 축산 농가를 생각하면 한돈을 먹어야 하지 않느냐고 따지기도 합니다만,

여긴 지구본에 없는 나라라는 사실을 잊은 분이라고 여기고 다 이해합니다. 저는 독자를 배려 않는 까다로운 시인이 아니거든요.

어쨌거나 이런저런 스트레스로 마음이 가문 날의 콩밭 같은 분들은 이런 이야기에 빠져들기 쉽지 않은 일입니다.

<초록코털괴물>이 평소답지 않게 고기를 먹네요. 그것도 아주 많이 먹습니다.

어찌 된 걸까요?

<초록코털괴물>의 이름 때문에 어울리지는 않습니다만 그는 사실 채식주의자입니다.

많은 채식주의자들에게는 채식을 하게 되는 어떤 계기가 있다고 합니다.

<초록코털괴물>과의 첫 번째 인터뷰에서 그가 하는 채식에 관한 아주 놀라운 이야기를 들었습니다. 그 놀라운 이야기는 너무 길어 나중에 지면이 있을 때 다시 소개하겠습니다.

어쨌든 오늘 <초록코털괴물>은 좀 슬퍼 보입니다.

<옷걸이요정>이 살 수 있는 행복이 얼마 없어 보이네요.

<옷걸이요정>은 평소 상추와 깻잎만 먹던 <초록코털괴물>이 고기를 다 먹어버려서

쌈장에 마늘만 찍어 먹고 있습니다.

오늘치 행복을 사기 힘들 것 같아 초초해하면서 말입니다.

양파 껍질 사이에 누워 있던 <풍선머리조종사>도 나와서 파티를 즐겨보려 합니다. 그런데,

<풍선머리조종사>는 가뜩이나 싫어하는 <초록코털괴물>이 고기를 마구 먹고 있으니 비호감이 하늘을 찌를 듯합니다. 그래서 애꿎은 먹구름 연료를 뻥뻥 걷어찹니다.

양파 냄새 펄펄 풍기는 <풍선머리조종사>가 먹구름을 걷어찰 때마다

번쩍하고 번개가 일어납니다.

곧 천둥도 따라오고 비가 내리기 시작합니다.

채식주의자 <초록코털괴물>은 자꾸 고기만 먹고,

<옷걸이요정>은 원하는 만큼의 행복을 살 수 없어 불안하고,

<풍선머리조종사>는 자꾸만 먹구름을 괴롭히고.

다들 눈치채셨겠지만 <허니밀크랜드>의 이상한 삼겹살 파티 때문에

올여름, 비가 너무 많이 오는 것입니다.

피터 판과 친구들

—에피소드 2: <허니밀크랜드>의 <풍비박산호텔>에서의 휴식

<허니밀크랜드>의 이상한 삼겹살 파티를 마친 세 친구는 <풍비박산호텔>의 자기 방으로 돌아가 트렁크를 열어 소지품들을 꺼내어 붙박이 옷장과 서랍에 정리하기 시작했습니다.

<옷걸이요정>의 방: 멋진 신세계

<옷걸이요정>이 왜 <옷걸이요정>이 되었는지 자세히 알고 있는 이는 거의 없습니다. 하지만 누구나 확연히 알 수 있는 사실은 <옷걸이요정>의 트렁크에는 옷걸이만 있다는 것이지요. 옷걸이들은 어찌나 옷걸이답게 생겼는지 옷걸이, 옷걸이 하며 트렁크를 열자마자 걸어 나오는 것이었습니다. 차곡차곡 붙박이 옷장에 <옷걸이요정>의 옷걸이들이 하나둘씩 정연하게 걸리기 시작하고 마침내 트렁크에 있던 마지막 옷걸이까지 모두 걸리자 <옷걸이요정>은 진짜 옷걸이로 변합니다. 옷걸이로 변한 <옷걸이요정>은 그 어느 때보다도 편안한 미소를 지으며 벽장 안에서 달콤한 잠을 청합니다. <초록코털괴물>에게 오늘치 행복을 900원어치밖에 사지 못했지만, 오늘은 이걸로 되었다 하는 표정입니다.

<초록코털괴물>의 방: 동물 농장

평소답지 않게 너무 많은 고기를 먹은 <초록코털괴물>은 자기 방에 들어와 문을 닫자마자 마구 토해내기 시작했습니다. <초록코털괴물>의 입 속에서 흘러나온 덴마크산 삼겹살들은 마치

트랜스포머의 기계들처럼 착착 서로 붙어버리더니 점점 돼지들로 변하는 것이었습니다. 오로지 삼겹살로만 만들어진 돼지들이라니! 돼지들은 조지 오웰의 돼지들처럼 어디서 돈이 났는지 위스키를 사 마시러 호텔 바로 내려갔습니다. <초록코털괴물>은 삼겹살 돼지들을 토해내자 다시 여느 때처럼 행복해졌습니다. 행복이라는 단어의 초성이 'ㅎ'인지 'h'인지 잘 생각이 안 났지만 그래도 마음만은 상쾌하게, 혹시라도 앞으로 고기를 먹을 땐 초록색 야채와 함께 먹어야겠다는 생각을 하면서, 누구라도 눕게 되면 흰색으로 녹여줄 것 같은 형광빛 도는 흰 시트가 깔린 <풍비박산호텔>의 침대로 꺼지듯 잠이 듭니다.

<풍선머리조종사>의 방: 야간 비행

오늘따라 풍선머리에 딱따구리 다섯 마리가 들어가 딱딱거리는 듯한 두통을 느끼며 <풍선머리조종사>는 자기 방으로 들어왔습니다. 그 순간 어딘가 먼 별에서는 폭풍이 불고, 지진이 나고 해일이 일어났습니다. 사실 <풍선머리조종사>에게 두통은 만성 질환입니다. 그가 비행을 시작하게 된 계기 또한 두통 때문이었으니까요. 오늘따라 삼겹살을 마구 처먹는 <초록코털괴물> 때문에 입맛도 떨어졌는데 먹구름을 어찌나 걷어찼는지 발가락들이 얼얼했습니다. 얼얼한 발가락을 마사지할 겸, 동굴 탐험도 할 겸 욕조에 뜨거운 물을 받기 시작합니다. <풍비박산호텔>의 가장 큰 메리트는 욕조 하수 구멍으로부터 연결되는 동굴 탐험입니다. 패키지로 묶여서 꽤 비싼 값에 나가곤 하는데 마침 <풍선머리조종사>가 머무는 방이 그 패키지로 묶여 팔리는 방 중 하나였던 것이지요. 욕조에 <풍선머리조종사>가 발을 담그자 욕조의 물들이 소용돌이치며 하수구 동굴로 빨려 들어가기 시작했습니다. <풍선머리조종사>는 모처럼 동굴 비행을 하게 되었다며 두통 따윈 어느새 날려버립니다.

피터 판과 친구들

—에피소드 3: <풍선머리조종사>의 고행, 고공비행

고행자들의 고행은 고행이 아닙니다.

고행은 그들의 행동을 고통스럽게 바라보는 당신.

고행이 아닌 고행을 하는 이에게 <고행자>라고 이름 붙인 것도 바로 당신.

<풍선머리조종사>가 빨간 경비행기에서 빨간 그물망 조종복을 입고 조종석에 오릅니다.

조종사가 타고 다니는 비행기는 1917년경 1차 세계 대전에 참전했던 브리스틀 전투기를 모델로 만든 복엽 비행기입니다. <풍비박산호텔>의 욕조 구멍으로부터 연결된 동굴 탐험을 하기에 아주 안성맞춤이죠. 동굴에 자라고 있던 종유석들이 이빨을 드러내며 침입자를 경계하고 있었지만 <풍선머리조종사>에게 석회 동굴의 종유석들은 풍선껌에 불과합니다. 만년에 한 방울씩 똑, 똑 석회 눈물을 흘려 만들어놓은 동굴의 종유석 이빨 따위, <풍선머리조종사>는 막대 풍선껌처럼 딱, 딱, 딱 부러트려 씹어 주며 날면 되는 것이지요. 어느새 동굴을 빠져나온 비행기는 하늘을 날고 있습니다. <풍선머리조종사>의 조종복은 빨간 그물망 조종복인데요. 양파 자루로 만든 것입니다. <풍선머리조종사>는 양파 자루 조종복을 무척 좋아합니다. 그 이유는 비행하는 내내 <풍선머리조종사>가 제일 좋아하는 양파 향을 맡을 수 있기 때문입니다. 양파 껍질 사이에서 쉬는 것을 좋아하는 <풍선머리조종사>는 고공비행을 즐깁니다. 어느 때는 하늘이

땅이 되고 땅이 하늘이 되는 역비행을 하곤 하지요. 고공비행 중엔 카펫처럼 깔린 구름을 머리 위로 두고 검은 우주를 아래로 비행한 적도 있지요. 기압은 떨어지고, 기온도 떨어지고, 입고 있는 옷이라곤 빨간 양파 자루가 전부인 채 고공 역비행을 하는 <풍선머리조종사>를 생각하면 히말라야에 있는 오래된 사찰의 고승이 떠오릅니다. <풍선머리조종사>는 오늘, 딱 삼천한 번째 죽음을 맞이하는 중입니다.

피터 판과 친구들

—에피소드 4 : <초록코털괴물>의 채식 이야기

조금 생소하시겠지만 <허니밀크랜드>의 소들은 광합성을 합니다. 광합성을 하는 식물을 뜯어먹는 게 아니라서 <허니밀크랜드>에선 소들에게 먹이려고 일부러 목초지를 구성하는 일이 없습니다. 식물들은 고상하게 식물들만의 광합성으로 <허니밀크랜드>의 공기 정화를 담당하면 됩니다. 소들은 마음껏 햇살이 내리쬐이는 날 해변이나 공원에 나가 선탠 하는 무리들 사이에서 조용히 되새김질만 하면 되는 것이지요. 이 <광합성하는소>들의 위장은 네 개가 아니라 열두 개입니다. 첫 번째 위는 일월에 주로 많이 쓰는 위라 <일월위>입니다. 두 번째 위는 <이월위>, 세 번째는 <삼월위>…… 이런 식으로 <십이월위>까지 있습니다. 어떤 미식가들은 <허니밀크랜드>의 <광합성하는소>의 가장 맛있는 부위가 바로 이 열두 개의 위라고 합니다. 그중 가장 맛있는 위가 바로 <허니밀크랜드>의 북반구산 <광합성하는소>의 <시월위>입니다. <시월위>를 유월에 수확한 설록차 간장에 절였다가 구름 연료 위에 놓고 자글자글 구워 먹노라면, <천상의 맛이 바로 이 맛>이라고 하는 이도 있습니다. 구름 한 점 없이 청명한 시월의 가을 햇살을 소화하는 위이니 더 이상 말 안 해도 잘 아시리라 생각합니다. <허니밀크랜드>의 <광합성하는소>들은 광합성 한 식물을 먹는 소들에 비하면 예민하기가 이를 데 없습니다. 게다가 자의식은 어찌나 충만한지. 절대 길들여지지 않아 목축도 할 수 없지요. 광합성 중인 소들을 건드리는 자들은 가차 없이 그 서슬 퍼런 푸른 뿔에 들이받히기 십상이지요. 그러나 광합성 중에 방해하지만 않는다면 소들은 아무도 건드리지 않는 <허니밀크랜드>의 가장 온순한 동물입니다.

<초록코털괴물>이 육식을 혐오하는 이유는 <초록코털괴물>의 모계에 <광합성하는소>의 피가 흐르고 있기 때문입니다. <초록코털괴물>의 초록 코털도 광합성을 위한 것입니다. 하지만 초록 코털의 광합성으로 얻을 수 있는 영양분은 비타민과 몇 가지 무기질뿐이어서 영양의 균형을 위한다면 반드시 음식 섭취로 단백질을 제공받아야 하지요. 그렇지만 모유를 끊고 두 돌이 지난 이후 한 번도 우유조차 마신 적이 없어 <초록코털괴물>은 동물성 단백질의 맛이 어떤 것인지 알지 못합니다. 모계에 <광합성하는소>의 피가 흐르는 어머니의 젖 또한 짐승의 젖과는 다른 성분일 것입니다. 육식의 맛, 남의 살을 뜯어 씹는 그 맛을 알지 못하는 <초록코털괴물>에게 아무리 고기 맛을 설명한들 알 수가 없지요. 미각은 한번 고착되면 좀체 변하지 않는 것이니까요.

<풍비박산호텔>의 삼겹살 파티에서 <초록코털괴물>이 처음으로 삼겹살을 먹던 그날은 <옷걸이요정>에게 실연당한 날이었습니다. <초록코털괴물>의 사랑은 짝사랑이어서 <옷걸이요정>은 그것도 모르고 그날치의 행복을 <초록코털괴물>에게 주문했지요. <초록코털괴물>은 그날 남은 행복을 몽땅 요정에게

주고 다시는 <옷걸이요정>과 거래하고 싶지 않았지만 남은 행복을 탈탈 털어도 900원어치뿐이어서 그것만 팔 수 있었습니다. 그것이라도 팔 수 있었던 것이 다행인지 불행인지, 실연의 고통을 육식의 고통으로 덮어버리려던 것이 적절했던 건지 부적절했던 건지 알 수는 없지만 <초록코털괴물>은 다시는 사랑 따윈 하지 않겠다고 결심하게 되었습니다.

피터 판과 친구들

—에피소드 5: <옷걸이요정>의 깨진 유리구슬의 단면같이 찾아온 슬픔

<옷걸이요정>이 <풍비박산호텔>의 옷장 속에서 기나긴 잠을 자고 깨어났을 때

<허니밀크랜드>는 <시즌3>의 <봄>이었습니다.

<옷걸이요정>이 제일 싫어하는 계절이 봄인데

하필이면 봄에 깨어난 것이었습니다.

<허니밀크랜드>에서 이런 오류는 좀체 일어나지 않는데

어쩌면 <옷걸이요정>의 계절과 수면 관리 계산 프로그램의 임계값 오류인지도 모릅니다.

<옷걸이요정>은 잠에 들기 전에 분명히 기상 채널을 <시즌4>의 <가을>로 맞추어놓고 잠이 들었습니다. 왜 이렇게 되었을까 시스템 장애의 원인을 따져 생각하다보니,

잠들기 전 <행복>이 조금 모자랐던 것이 떠올랐습니다.

<옷걸이요정>에게 하루에 필요한 행복은 딱 1,700원어치였는데

매일 <옷걸이요정>에게 필요한 만큼의 행복을 팔던 <초록코털괴물>이

그날따라 알 수 없는 표정과 눈빛으로 900원어치를,

그것도 돈도 받지 않고 팔겠다는 것을 어떻게도 설득해볼 도리가 없었던 것이지요.

<옷걸이요정>은 원하는 계절에 깨어난 것은 아니지만 이미

눈은 떠졌고,

옷장 안에서 빠져나올 수밖에 없었습니다.

<옷걸이요정>이 옷장에서 빠져나오자 옷도 없이 걸려 있는 빈 옷걸이들이

마치 차임이 바람에 흔들리듯이 차르르륵, 흔들렸습니다.

<옷걸이요정>은 옷걸이들의 차임 음악을 듣자 불현듯 맹렬한 슬픔이 밀려오기 시작했습니다.

그것은 어떤 통증들이 안으로, 안으로 똘똘 뭉쳐 구를 만들어 투명한 유리구슬이 되었다가

반으로 깨져버렸을 때, 그 단면에 보이는 무늬 같았습니다.

호텔 창밖으론 가지에서 떨어진 벚꽃 잎들이 왈츠를 추다가

금세 어디론가 사라지곤 하였습니다.

피터 판과 친구들

—에피소드 6: 사라진 꽃잎들은 어디로 가나

피터 판과 친구들은 가끔 두려운 생각을 하곤 합니다.
우리는 어디서 왔을까? 어디서 와서 여기에 있고,
어디로 가는 것일까?

뜬금없이 이어지는 이 질문 놀이는
여섯 살부터 시작되었는데요.
여섯 살, 열여섯 살, 스물여섯 살, 그리고 서른여섯 살…….
이렇게 주기적으로 찾아옵니다.
이런 식으로 마흔여섯, 쉰여섯, 예순여섯…… 이렇게 이어지다
백스물여섯에도 이 질문 놀이를 하고 있을까 봐 무섭습니다.
얼른 그 대답을 찾아야 이 두려움이 사라질 것 같기 때문에
대답을 찾기 위해 피터 판과 친구들은 어디든지 갑니다.
필요하다면 어디로든 공간 이동을 하는 것이지요.

결혼도 안 하고 아이도 낳지 않고, 늘 정해진 시간에 산책을 하고,
식사를 하고, 책을 읽고, 차를 마시던 철학자가 있었다지요.
그는 남들은 십 년 주기로 하는 질문 놀이를 하루에 한 번씩 했던 것 같습니다.
철학자들이 하루에 한 번씩 하는 질문 놀이를
피터판과 친구들은 일 분에 한 번씩 합니다.
꿈을 꾸면서, 고기를 먹으면서, 똥을 누면서, 껌을 씹으면서,

하품을 하면서, 음악을 들으면서, 계단을 오르면서, 하늘을 날면서…….

그런데 이 질문에 가장 근사한 대답을 찾은 건
바로 <허니밀크랜드>의 <옷걸이요정>입니다.
시스템 오류로 원치 않는 계절에 깨어나,
창밖으로 벚꽃 잎들이 사라지는 장면을 목격하면서 말이지요.

<옷걸이요정>의 말에 의하면;
—꽃잎들은 바람으로부터 와서 사랑을 잃고 슬퍼하는 자의 눈앞에서 놀다가
시간 속으로 사라지는 것입니다.

피터 판과 친구들

—에피소드 7: <풍비박산호텔>의 블라인드 스팟

모든 것이 완벽해 보이는 허니밀크랜드의 <풍비박산호텔>에도 맹점은 있습니다.

바로 <풍비박산>이란 이름이 그것입니다.

일반적인 사람들은 호텔 이름인 <풍비박산>을 <風飛雹散>이라고 생각하곤 합니다.

그러나 아시다시피 허니밀크랜드에는 비바람도 없고, 우박따윈 더더욱 없습니다.

연중 강우량도 고르고 폭우도 폭설도 없습니다.

<우박>이라는 단어도 없는데 어디서 이런 이름을 지었을까요?

처음 이 호텔을 설립한 사람은 <풍선머리조종사>의 할아버지입니다. 호텔의 이름 또한 그가 지은 것이지요. <풍선머리조종사>의 할아버지는 중국에서 오신 분이었습니다. 그 가문은 대대로 멋진 풍선 머리를 하고 있습니다. <풍선머리조종사>는 어렸을 적부터 그 멋진 풍선 머리 때문에 두통이 무척 심했습니다. 가문의 대를 이어 호텔을 경영하기엔 두통이 장애였지요. 가문의 자랑인 풍선을 함부로 터트릴 수도 없고. 사실 이 풍선 머리는 바람이 빠지더라도 호르몬 조절에 의해 새로운 바람이 보충되어 건강한 풍선 머리라면 풍선 머리를 늘 빵빵한 상태로 유지하곤 합니다. 하지만 <풍선머리조종사>는 조부모와 부모에 비

해 늘 <1밀리바>씩 바람이 빠져 있곤 했습니다. 무엇을 해도 두통이 사라지지 않더니 어느 날 비행기 여행을 하다가 비행 중엔 두통이 사라지는 것을 알게 되어 결국 경비행기 조종사가 된 것입니다. 대를 이어 호텔을 경영할 사람이 없어지자 <풍비박산호텔>은 허니밀크랜드의 공공 자산이 되어 허니밀크랜드의 공식적인 방문객들에게 빌려주게 된 것입니다.

<풍비박산호텔>의 상속자인 <풍선머리조종사>는 물려받은 바 없는, 바람이 <1밀리바>씩 빠져 있는 풍선 머리 두통을 치유하기 위해 늘 떠돌고 있습니다. 그는 지금도 삼천 번이 넘게 죽고 살기를 반복하면서

<허니밀크랜드>의 <풍비박산호텔> 하수구 동굴을 탐험 비행 중입니다.

<허니밀크랜드>의 <풍비박산호텔>의 이름의 뜻을 당신에게만 제대로 알려드린다면,

<바람에 실려 날아온 엷은 산호 성>이라는 뜻인 <風飛薄珊> 입니다.

피터 판과 친구들

—에피소드 8: 꿀이 흐르는 헝겊인형과 젖먹이 <정말아기>

머리카락을 쭉쭉 빨면 달콤한 꿀이 줄줄 흐르는 아이가 있습니다.
이 아이는 엄마가 앞치마를 만들다 남은 리넨 천으로 만든 헝겊인형입니다.

헝겊인형은 <정말아기>처럼 엄마의 젖을 먹고 싶었습니다.
하지만 엄마는 <정말아기>에게 줄 젖도 못 먹이는 형편이었지요.

어떻게 하다 헝겊인형의 머리에서 꿀이 흐르게 되었는지
정확하게 아는 사람은 아무도 없습니다.
심지어 이 아이를 만든 엄마도 모릅니다.
아이의 머리카락은 머플러를 뜨다 남은
초록색 털실로 만들어줬을 뿐인데 말이지요.

사실 무엇이건 <정확히 안다>는 것은 불가능하기에
어떤 사실이 왜 그렇게 되었는지 파헤치고 연구하는 사람들은
가능하지 않은 것을 향해 날아가는
<풍선머리조종사>와 같다고 할 수 있습니다.

헝겊인형은 <정말아기>처럼 엄마의 젖을 먹고 싶었습니다.
하지만 엄마는 <정말아기>에게 줄 젖도 못 먹이는 형편이었지요.

엄마는 <허니밀크랜드>의 홈패션 재봉사인데요.

날마다 주문받은 커튼과 침대 시트와 리넨 앞치마를 만드느라 매일 바쁩니다.

그래서 <정말아기>는 엄마가 바쁜 시간에는 아기 침대에 앉아

엄마가 만든 헝겊인형의 머리카락을 빨곤 했습니다.

처음엔 그냥 보통 아기들이 하듯 주위의 것은 무조건 빠는 버릇 때문에 빨았는데

빨다 보니 헝겊인형의 머리카락에선 꿀이 나오는 것이었습니다.

그래서 <정말아기>는 엄마 젖보다 헝겊인형의 머리카락을 더 좋아했습니다.

헝겊인형은 <정말아기>처럼 엄마의 젖을 먹고 싶었습니다.

하지만 엄마는 <정말아기>에게 줄 젖도 못 먹이는 형편이었지요.

바쁜 엄마는 <정말아기>에게 젖 먹일 시간도 없이 일하다가

젖이 말라버렸습니다.

아기는 젖 없이도 헝겊인형의 머리카락을 빨고 잘 자랐습니다.

하지만 <정말아기>의 머리카락이 초록색 털실이 되어가고 있는 건

헝겊인형 말고는 아는 사람이 아무도 없습니다.

피터 판과 친구들

—에피소드 9: 동쪽으로 해가 지는 언덕의 <초록코털괴물>과 <옷걸이요정>

스스로 광합성을 하는 소들이 지나가는 동쪽 언덕입니다

해가 지고 있습니다 동쪽으로…… 노을이 지는 풍경 속에 서서

슬픔을 슬, 픔, 이라 한 어절씩 또박또박 발음하면

<초록코털괴물>은 진심으로 슬퍼집니다

그런데 진심이란 게 뭘까요?

있기는 한 걸까요?

눈물이 납니다 눈물은 어디서 나는 걸까요?

이런 걸 궁금해하던 옛 문인도 있었지요……

그가 답을 얻었는지 기억나지 않습니다

원래 그런 것의 답은 없는 것이니까요

있다 해도 없는 그런

<옷걸이요정>은 늘 희미합니다

언제나 곧 사라질 것처럼

희미한 새벽 가로등 같은 얼굴을 하고서

불안합니다 오늘치 행복을 사지 못할까 봐

눈물이 납니다 눈물이 어디서 나는지 알지 못한다 해도

진심처럼, 있기는 한 걸까 의심하지 않아도 되어 좋습니다

눈물은 스스로 <광합성하는소>처럼

스스로를 합성해내 열두 개의 위를 거쳐

소란스럽지 않게 고통스럽기를 원하는 사람에게 갑니다

가서 흐릅니다

흐르는 대로 둡니다 조용히 투명해지며 사라지게

놔둡니다

<초록코털괴물>의 눈물과

<옷걸이요정>의 불안은

이렇게……

흐르다, 사라집니다

피터 판과 친구들

—에피소드 10: Peace-8-11-2 <달빛과 별빛은 우리에게>

물속에 나타난 검은 점
점은 점점, 점점 커져가고
점은 물고기가 되고
산호가 되고 불가사리가 되고
불가사리, 영어로는 별 물고기
별 물고기에게 불가사리라는 이름을
처음으로 지어준 사람은 누구일까요

별은 검은 바탕에 흰 점
어떤 흰 점은 점점, 점점 멀어지고
멀어지는 점과 점 사이
우리는 태어났습니다

달빛과 별빛은 우리에게
햇빛 이후 언제나 우리에게

피터 판과 친구들은
우리의 마음속에 언제나
우리의 마음속에

평화와 행복은 멀고
우울과 짜증은 가깝다

별빛은 멀고
무덤은 가까운 것처럼

어딘가에 있다는 거대한 수조 속에 사는
현자 거북에게 디스커션 하는 스티커 토끼처럼
별빛과 달빛은 밤낮없이 우리에게 말해주는바,

우리는 영원합니다

피터 판과 친구들

—에필로그

사는 일이

지루하고 지루하고 지루하고 지루하고 지루하고 지루하고 지루하고 지루하고 지루하고 지루하고 지루한 당신,

사는 것을 <일>처럼 사는 당신,

바쁘신데 나의 헛소리 들어주어 감사합니다.

이 세상엔 감사해야 할 일이 어처구니없이 많아서

이런 문자 공해를 <시>라고

발표하는 사람도 있습니다.

오늘은 내 일생에 가장 큰 달이 떴고

뉴스에선 그것을 <슈퍼문>이라고 불렀습니다.

참 가당치도 않은 호명이지요?

슈퍼문이라니……

우리 동네 슈퍼 문은 아침 9시에 엽니다.

아침 9시에 문을 여는 슈퍼 베이커리에서

매일 사다 먹는 식빵 봉지의 금색 빵 끈을

금붙이처럼 소중하게 모으며

<옷걸이요정>과 <초록코털괴물>,

<풍선머리조종사>와 <광합성하는소>를 만났습니다.

잡소리에 뼈를 섞어 파는,

젖과 꿀이 더러운 기름과 산성비와 함께 흘러넘치는,

이 세상에

나는 살아 있습니다.
잘 구운 프렌치 파이처럼
오늘은 즐거운 일 하나,
내일은 고통스러운 일 하나.
매일매일, 하루하루, 사이좋게
즐거운 일과 고통스러운 일 사이
겹겹의 시간 속에
나는 살아 있습니다.

행복이란 슈퍼 문처럼
동네마다 문 여는 시간이 조금씩 다르지만
일생에 한 번은 무심코 쳐다본 슈퍼문으로부터
얼음 같은 총알이 날아와
당신 심장에 박힐 순간이 있을 것입니다.

그때 당신이 살고
내가 대신 죽겠습니다.

부록

자술 연보

1974년

서울 구로동 쌀집 점포에 딸린 방에서 태어났다. 탯줄을 끊었던 산파는 우리 할머니. 우리 부모님은 구로동에서 쌀집, 연탄집, 슈퍼마켓, 세 개의 가게를 운영하셨다. 살림집은 따로 없었고 식구들은 점포에 딸린 방에서 살았다. 아빠는 변압기 회사 선반공이었고, 엄마는 육아와 살림, 장사까지 도맡았다. 게다가 우리 아빠는 어려서 아버지를 잃고 둘째 큰집의 호적상 양자였는데 그 할아버지께서 부인과 사별후 출가한 딸들밖에 없어서 홀로 사시는 바람에 그분을 우리 엄마가 시아버지로 모시고 살아야 했다. 야간 고등학교에 다니던 큰외삼촌이 부모님의 장사를 도왔다.

1976년

동생이 태어났다. 온몸에 연탄을 묻히고 다니는 개구쟁이였던 오빠는 시골에서 올라온 먼 친척언니가 봐주고, 엄마의 등엔 젖먹이 동생이 늘 업혀 있었다. 둘째인 나는 어쩔 수 없이 주정뱅이 할아버지가 봐주셨는데, 할아버지는 대림동 저잣거리 대폿집까지 나를 업고 나가 작부들 손에 맡기고 하루 종일 술을 드셨다. 작부들이 어린 나에게 숟가락으로 막걸리를 떠먹이곤 했다는 것을 알게된 엄마는 나만 청양 외갓집으로 보냈다. 시골 초가지붕 처마 끝에 걸려있던 흰 구름과 정체를 알 수 없는 비릿한 냄새들이 기억난다.

1978년

상경한 여공들과 구로의 노동자들 생필품을 대던 세 개의 가게가 사채업자의 손에 넘어가자, 부모님들은 아이 셋을 데리고 아버지의 고향인 경기도 일산으로 왔다. 아무도 남의 집에 세 살지 않는 마을에 유일한 단칸방 세입자로 몇 개월을 살았다. 세 사는 남의 집 사랑방에서 아버지가 주워온 버려진 새끼 돼지를 사과 상자에 담아 동생의 분유를 먹이며 키웠다. 돼지가 너무 커져서 더 이상 방 안에서 키울 수 없게 되자, 기둥이 기우뚱 기울어 있고, 나무가 휘어 밥상을 놓으면 두 개의 다리는 살짝 허공에 들리는 평평하지 못한 마루가 있고, 바깥에 축사가 있는 조그만 집으로 이사했다. 그 집에서 막냇동생이 태어나 사남매가 되었다. 일산이 신도시가 되어 1991년에 철거되기 직전까지 우리 가족은 그 집에 살았다.

1980년

언덕 위 교회에 딸린 유치원에 입학했다. 일요일이면 들려오던 아름다운 종소리가 어디서 나는 걸까 궁금했는데 목사님이 일요일 아침마다 교회 첨탑에 달린 큰 밧줄을 잡아당겨서 종소리를 낸다는 사실을 알고 놀랐다. 감청색 멜빵 주름치마와 목을 접어 입는 풀오버와 하얀 레이스 넥타이가 붙어 있는 감청색 조끼까지 있는 유치원복을 입고 다녔다. 그 당시 시골이던 일산에선 보기 드물게 세련된 유치원복을 입고 노란 가방을 메고 아침마다 나비를 쫓으며 뛰어다녔다. 유치원에 가서는 주기도문을 외웠다. 생애 최초로 외운 시였다.

1982년

할아버지가 돌아가셨다. 폐결핵을 앓다 돌아가셔서 장례를 치르고 집 안 소독을 하느라 우리 남매들은 한동안 큰집에서 지냈다. 할아버지가 안 계신 건넌방은 늘 어두웠다. 둥근 마루에 누런 베 천으로 만들어진 상청이 차려져 있었고, 그 상청에 갓 지은 메와 나물을 올리며 사십구재 동안 매일 제사를 지냈다. 탈상한 후 아버지는 지붕도 고치고, 기울어진 기둥도 바로잡아 집을 증축하셨다.

1985년

처음으로 친구들끼리 시내버스를 타고 광화문에 갔다. 교보문고 지하에 있던 아트박스, 바른손 팬시점을 보고, 일산시장 끝에 있는 선물 가게 언니에게 왠지 모를 배신감과 측은함을 동시에 느꼈다. 엄마가 월부 책장수에게 소년소녀 세계명작, 하얀 양장 커버의 위인전집, 학생대백과사전을 들여놨다. 빨간 머리 앤, 홍당무, 허클베리 핀, 톰 소여, 작은 아씨들, 키다리 아저씨와 주디, 장발장과 불쌍한 코제트, 헬렌 켈러와 고흐, 밀레, 다빈치, 모차르트와, 베토벤, 남극 탐험가 아문센 등을 알게 되었다.

1986년

가을 아시안 게임이 끝나자 마포에 있는 초등학교로 전학했다. 여전히 집은 일산이었고, 깜깜한 새벽에 일어나 시외버스를 타고 능곡역에서 내려 시내버스로 갈아타 수색, 모래내, 신촌, 독립문, 광화문을 지나 시청을 거쳐 아현동 고개를 넘어 마포에서 내려야 하는 기나긴 여행 같은 통학을 시작했다. 흔들리는 버스 안에서 책을 많이 읽었다.

1987년

아버지가 회사를 그만두고, 집 옆에 축사를 개조해 변압기 부품 공장을 시작하셨다. 일산에서 다니기엔 학교가 너무 멀다고 부모님이 신공덕동에 쪽방을 얻어주셨다. 그래서 나와 막냇동생은 큰집에 계시던 할머니와 서울에 직장이 있는 사촌언니와 함께 그 방에 살았다. 고등학생인 오빠와 초등학교 테니스 선수인 동생과 부모님은 일산에 살았다. 첫 생리를 시작했지만, 아무에게도 말하지 않았다. 그해 봄엔 학교 가는 길이던 공덕 로터리에 시위대의 물결이 자주 꽉 찼었다. 효창운동장에선 야구 경기가 있던 나날들이었다. 효창공원에서 내려오는 야구장의 함성과 아카시아 향기, 공덕 로터리에서 올라오는 매운 최루탄 냄새와 시위대의 함성이 묘하게 엉키는 지점에 내가 살고 있었다. 식민지 지식인들이 쓴 한국 소설과 시들을 섭렵했고, 『세계명시선집』에서 푸시킨, 랭보, 릴케, 워즈워스 등 외국 시인들의 이름을 알았고, 『죄와 벌』과 『안나 카레니나』를 읽기 시작했다. 대부분 사촌언니의 책들이거나, 학급도서 책꽂이에 있던 책들이었다. 사촌언니는 애니메이션 <달려라 하니> 채색 작업을 하는 회사에 다녔다. 언니는 나에게 매일 일기를 쓰게 했지만, 늘 야근하느라 일기장 검사는 하지 못했다.

1989년

밤새 시험 공부하기 좋다는 친구의 말에 '타이밍'이라는 각성제를 호기심에 한 알 먹고, 밤새워 『세계인명사전』을 읽었다. 역사 속 유명한 인물들의 생몰 연대를 뒤지다 더 이상 할 것이 없을 때 노트에 무언가를 쓰기 시작했다. 그렇게 몇 개월 새벽마다 쓴 것들이 어쩌면 시가 아닐까 생각했다. 그 원고들을 모아 시집으로 출간하기 위해 대학 노트 한 권 분량의 원고를 들고 아현동의 어떤 출판사를 찾아갔다. 원고는 당연히 반려당했고, 당시 전교조 해직 교사들이 만든 청소년 문학 동아리에 가입하라는 권유를 받았다. 하지만 여기까지 온 내가 너무 창피하다는 생각만 들어 그들의 말을 귀담아듣지 않았다. 다시는 이쪽엔 얼씬도 하지 말자는 생각에 출판사에 가져갔던 원고 뭉치를 잘게 찢고 태워, 그 재를 마포의 썩은 하수구 냄새가 나는 재래식 변소에 버렸다.

1990년

여상에 입학했다. 내 인생의 암흑기. 주판으로 놓던 165 말곤 별로 생각나는 것이 없는 시절.

1991년

연극반 친구들과 소풍날 사복으로 갈아입고 지하 다방에서 처음 담배를 피워봤고, 미팅을 많이 했다. 오토바이 타는 남자아이도 만나보고, 유도부 소년도 만나봤다. 이때 읽은 책이라고는 이상의 『날개』, 헤세의 『데미안』밖에 기억이 안 난다. 내 인생의 유일한 선생님, 김미자 선생님을 만났다.

1992년

입시가 아닌, '입사 준비'를 해야 하는 고3이었다. 시사 상식을 공부했고, 면접관의 질문에 당당히 자기소개를 할 수 있도록 거울 앞에서 발음 연습을 하기도 했다. 하지만 고3 담임 선생님은 내 키가 '대기업에서 하한선으로 정한 여직원 신장이 안 된다'는 이유로 입사 추천을 해주지 않았다. 주요 과목인 상과 과목 성적도 좋지 않았다. 그래도 희한하게 주산, 부기, 타자 모두 2급 자격증을 따놨다. 반 친구들의 절반이 사무직 수습사원으로 취업이 되었을 때쯤, 나도 작은 무역 회사 수습사원이 되었다. 사장을 포함하여 전 직원이 네 명인 회사였다.

1993년

해운 선박 회사에 항로 기상 서비스와 선박용 자동 항법 장치를 수입해서 팔던 회사의 경리사무원이었다. 미 국방부에서 쓰는 GPS 장치에 대한 영문 브로슈어와 팸플릿들을 복사하거나, 수입신용장과 송장, 선박 보험 등의 서류를 작성하고 챙기는 일을 주로 했다. 여직원은 나 하나였지만 남자 상사들은 커피 심부름이나 책상 닦는 일은 시키지 않았다. 대신 특성이 없는 자질

구레한 업무를 시켰다. 가끔 은행 업무나 관공서 업무를 보러 회사 밖으로 나오면 수송동, 인사동 근처의 갤러리를 돌아다니거나 고미술품 가게를 기웃거렸다. 퇴근 후엔 일주일에 두 번, 홍대 앞의 디자인 학원에 가서 구성과 레터링 디자인을 배웠다. 우리 회사 사장님은 큰 선박의 선장 출신이었는데, 부장과 대리는 그의 후배였다. 그랬던 회사가, 1년 만에 직원이 20명으로 늘어나고 법인도 두 개로 분리되었다. 그 과정에서 처리해야 할 은행, 관공서 업무는 내가 담당했다. 직원은 많아졌지만 모두 각자의 파트가 있는 전문직이었기 때문에, 자질구레하게 신경 써야 할 사무 업무는 나밖에 할 사람이 없었다. 외근을 나와 갤러리에 돌아다닐 한가한 시간이 없어지자, 나는 그 회사에 더 이상 다닐 이유가 없었다.

1994년

학력고사가 폐지되고 수학능력시험으로 입시 제도가 바뀌었다. 그래서 퇴사 후 수능시험을 쳐봤다. 처음 받은 수능 점수로 아무 대학 어떤 과든 도박하는 심정으로 지원했다. 일어일문과, 관광경영학과, 임상병리학과, 산업디자인과, 문헌정보학과. 모두 내가 가볼 만하다고 생각한 미래였다. 물론 모두 떨어져서 가보지 못한 미래가 되었다.

1995년

남산 밑에 있는 재수 학원에 다니며 커피숍 아르바이트도 하고, 이대 앞 주얼리 가게에서 판매 점원으로 일했다. 주얼리 가게에서 만난 친구의 거짓말에 속아 판매 점원을 그만두고 다단계 회사에 다니기 시작했다. 대학 등록금으로 내려던 퇴직금도 다 써버리고, 재수 학원도 제대로 다니기 힘들었다. 그래도 수능은 봤다. 다단계 사업하느라 시간이 없어서 유일하게 입학 원서를 쓴 곳이 내가 졸업한 대학의 문예창작학과였다. 그땐 문창과에서 뭘 공부하는지 관심도 없었다. 여러모로 내가 지원할 수 있는 유일한 과라는 생각만 들었을 뿐.

1996년

문예창작학과에 입학 등록금은 냈지만 다단계에서 빠져나오지 못하고 1학기엔 학교에 나가지 않았다. 결국 전 과목 F를 받고 신입생으론 유일하게 학사경고를 받았다. 집에서도 알게 되어 어디도 나가지 못하는 '가택 연금 상태'가 되었다. 다단계 회사에서도 하지 않던 '감금'을 부모님에게 당했다. 두 달 동안 서예가인 외삼촌 댁으로 보내졌다. 외삼촌의 서실에서 먹을 갈고 붓글씨 쓰는 벌을 받았다. 지금 생각해보면 벌인지 상인지 모를 시간을 보낸 것 같다. 그 후 여름 방학이 되기 전에 다단계 사업으로 만났던 사람들과 연락을 끊고 2학기부터 대학 생활을 시작했다. 그해 8월에 있었던 '연대 사태'를 보며 한총련에 호기심이 생겼다. 대학 생활이 시작되자 도대체 학생 운동을 어떻게 하기에 사회가 이렇게 혼란스러운지 궁금하여 운동권 동아리인 문학회에 가입했다.

1998년

문학회 선배였던 공대생을 사귀기 시작했다. 취향도, 살아온 시간도 모든 것이 나랑 정반대인 남자였다. 남자는 문학회에서 소설을 썼는데, 이 남자가 쓴 소설엔 관심이 없었고 들고 다니는 공업 수학 노트에 빽빽이 적은, 알 수 없는 기호를 나열한 수학 문제 풀이가 아름답다는 생각이 들었다. 학과 공부는 학사경고 받지 않을 정도로만 하고, 읽고 싶은 책들을 골라 읽으며 동아리 활동에 몰두했다. 그해 범민족 대회였던 것으로 기억한다. 왕십리에서 한양대까지 가는 깜깜한 지하 선로를 쉬지도 않고 뛰어야 했던 날 이후, 며칠동안 목에서 쇠 냄새가 났다. 그 후 다시는 거리에 나가지 않았다.

1999년

신춘문예에 희곡을 냈다. 떨어졌다. 당시 등단한 시인인 이위발, 주병률, 최치언과 아직 등단 전인 안현미, 신혜정, 이근일 시인과 함께 시 합평하는 동인 활동을 했다. '구인회'였다.

2000년

신춘문예에 시를 냈다. 떨어졌다. 그리고 아버지가 사고로 목 아랫부분부터 전신이 마비된 채 쓰러지셨다. 그때 막 결혼한 오빠와 전도유망한 학과도 아닌 대학을 곧 졸업할 내가, 엄마와 함께 아버지가 안 계신 공장을 책임지지 않으면 안 되었다.

2001년

아버지 공장에서 본격적으로 경리 일을 하기 시작했다. 그리고 신춘문예에 떨어진 시를 고쳐 《현대문학》에 냈다. 당선되었다는 전화를 받았다. 사고로 쓰러지셨던 아버지가 재활에 성공하여 공장에 돌아오셨다. 공장은 나날이 번창했다. 나는 바라던 등단을 했고, 우리 집은 현금이 가장 잘 돌던 시절이었다.

2002년

신기한 기호로 가득한 수학 노트를 가진 문학회 선배였던, 가난한 집 장남이며 수입도 없는, 공대대학원에서 연구조교를 하던 석사과정 남자와 결혼했다. 살짝 돌았던 것 같다.

2003년

엄마가 되었다. 봄에 아이를 낳고 산후조리원에 있을 때 청탁받은 시를 가을에 써서 보냈다. 젖먹이 아기를 재워놓고 쓴 시가 「피터래빗 저격사건」 연작이었다. 대학원을 졸업한 남자가 IT 계열 회사에 취직했다. 남자는 현재 다니는 직장보다 높은 연봉을 제시하며 이직을 권하는 헤드헌터들에게 가끔 연락이 왔고 계속 더 나은 직장으로 옮겼다.

2005년

첫 시집 『피터래빗 저격사건』을 냈다. 내 생활에 변한 것은 아무것도 없었다. 아이가 돌 지나면서부터 남자는 외국으로 장기 출장이 잦았다. 혼자 아이를 키우며 쩔쩔매는 것을 보다 못한 어머님께서 젖 뗀 지 얼마 안 된 아이를 맡아주시겠다고 하여 남자가 장기 출장 가 있는 로마로 갔다. 혼자 비행기를 타고 멀리 떠났던 첫 번째 여행이었다.

2006년

육아에서도 벗어나고 싶었고, 돈도 벌고 싶어서 아이를 어린이집과 어머님 손에 맡기고, 아버지 공장 경리로 다시 취직했다.

2007년

수면제와 항우울제, 신경안정제를 처방받지 않으면 살 수 없었다. 아이는 나날이 사랑스러워지는데 나는 나날이 죽고 싶었다. 아버지 공장 일을 그만두었다.

2008년

집 가까이 살던 언니, 김소연 시인으로부터 어린이 도서관 '웃는책'에서 같이 일해보지 않겠냐는 제안을 받았다. 거절할 이유가 없었다.

2010년

'웃는책'이 문을 닫게 되었다. 많이 울었다.

2011년

두 번째 시집 『가벼운 마음의 소유자들』을 냈다. 시를 그만 쓰고 싶다는 생각을 많이 했지만 생각대로 되진 않았다. 둘째 아기를 가졌다가 유산되었다. 또 많이 울었다. 병원에서 돌아오는 길에 우쿨렐레 가게에 들러 무작정 우쿨렐레를 하나 사서 안고 들어왔다. 세상에 태어나지도 못한 동생을 잃은 아홉 살 아이가 우쿨렐레로 엄마와 자기 자신을 많이 위로해주었다. 동네 뜨개방을 드나들며 본격 '뜨개질쟁이'가 되었다. 사랑하는 여러 사람의 목도리를 떠주었다.

2012년

집주인들이 전셋값을 올리겠다고 할 때마다 이사 다니는 게 싫어서 아파트를 분양받고, 결혼 10년 만에 내 이름으로 등기된 '내 집'으로 이사했다.

2014년

차가 반파될 정도의 큰 교통사고를 당했지만 턱만 조금 다치고 죽지 않았다. 5월부터 11월까지 고양아람누리 도서관에서 좋아하는 시인·소설가들과 함께 <순정낭독>을 진행했다. 남들 하는 것은 나도 다 하고 살겠다며 샀던 '내 집'을 팔았다. 비싼 세상 공부했다고 여기고, 다시 전세 세입자가 되었다. 빚을 갚아보겠다고 남편과 함께 사업을 시작했다. 스마트폰을 이용해 VR을 볼 수 있는 기구인 '스마트 만화경'을 중국에서 수입해서, 주로 국립 과학관에 납품했다. 장사는 잘 되지 않았다.

2015년

'삼세판'이라는 심정으로 세 번째 시집 『우유는 슬픔 기쁨은 조각보』를 냈다. 잘 알지도 못하고 입양한 농장 견의 새끼인 푸들, '호두'와 함께 살기 시작했다. 호두와 함께 살지 않았다면 도저히 알지 못했을, 이 세상의 새로운 이야기를 보고 들을 수 있었다.

2016년

<빨간 머리 앤>이 그려진 초록색 원단을 사서 손바느질로 가방을 만들었다. 오랫동안 친하게 지내던 산정 호수에 사는 시인의 부인에게 예쁜 퀼트용 원단을 한 상자 선물받았다. 그 천들을 오리고 꿰매어 조각 담요를 만들기 시작했다.

2017년

중학교 1학년인 아이가 학교를 그만두었다. 음악을 하고 싶다고 해서 홈스쿨로 중학 과정 검정고시와 예고 입시를 시작했다. 아이도 나도 긴 터널을 지나는 것 같던 시간이었다. 둘이 끌어안고 많이 울었고, 아무도 모르고 아이와 나만 아는 대목이 많아지면서 쓸데없이 많이 웃었다. 그래니스퀘어 모티프 담요를 두 개 완성했고, 조카에게 줄 퀼트 담요를 만들었다.

2018년

아이가 예술 고등학교 음악과 작곡 전공으로 합격하여 예상보다 1년 일찍 고등학생의 학부모가 되었다. 세 번째 시집을 출판사를 달리해 재출간하게 되었다. 현재, 네 번째 시집을 준비 중이다. 마흔다섯이 되고 보니, '저 사람 진짜 질린다, 질려' 할 때까지 견뎌보는 끈질긴 것이 나도 하나쯤은 있어야 하지 않을까 싶어졌다. 다른 것은 잘도 그만두면서 문학은, 시는 그렇게 지겹다면서도 왜 여태 그만두지 못하는 걸까. 아마도 나에게 '질린다, 질려'라고 할 만한 것이 바로 문학이기 때문일 것이다.

아침달 시집 6

우유는 슬픔 기쁨은 조각보

1판 1쇄 펴냄 2018년 9월 10일
1판 2쇄 펴냄 2020년 2월 24일

지은이 유형진
큐레이터 김소연, 김언, 유계영
편집 송승언, 이주연
디자인 황효영, 한유미

펴낸곳 아침달
펴낸이 손문경
출판등록 제2013-000289호
주소 03980 서울시 마포구 성미산로 153-16, 2층
전화 02-3446-5202
팩스 02-3446-5208
전자우편 achimdalbooks@gmail.com

값 10,000원
ISBN 979-11-89467-08-1 03810

이 도서의 국립중앙도서관 출판예정도서목록(CIP)은
서지정보유통지원시스템 홈페이지(http://seoji.nl.go.kr)와
국가자료종합목록시스템(http://www.nl.go.kr/kolisnet)에서 이용하실 수 있습니다.
(CIP제어번호 : CIP2018026073)

아침달